王妃になる予定でしたが、
偽聖女の汚名を着せられたので
逃亡したら、
皇太子に溺愛されました。
そちらもどうぞお幸せに。

主な登場人物
ルードルフ・リュディガー・エーベルバイン
ゾマー帝国の皇太子。エルヴィラの危機を救うために奮闘する。あらゆることをスマートにこなすが、恋愛には奥手。
アレキサンデル・コヴァルスキ
トゥルク王国の若き王で、エルヴィラの元婚約者。思慮が足りないうえ小心者だが、自尊心は高い。ナタリアに癒やしを求めている。
エルヴィラ・ヴォダ・ルストロ
聖女候補かつトゥルク王国の若き王の婚約者だったが、突然偽聖女の汚名を着せられて婚約も破棄される。王妃になるための教育を受けていたために礼儀正しく、冷静な性格。
ナタリア・ツィトリナ・ズウォト
ズウォト男爵家の養女。可愛い顔と豊満なボディで男を虜にする。祈りや儀式など堅苦しいことは苦手。

クラウディア・リュディガー・エーベルバイン
ゾマー帝国の皇后。華やかな雰囲気の中にも、しっかりとした芯を持ち、常に国民のことを考えている。
エルマ
エルヴィラのメイド。明るく元気な性格で、エルヴィラに仕えることで幸せを感じている。
シモン・リュリュ
トゥルク王国の大神官。アレキサンデルと組んで、エルヴィラを偽聖女に仕立て上げた。
ヤツェク・リーカネン
アレクサンデルの側近。真面目で優秀だが、気が弱く、父に対して屈折した感情を持っている。

Contents

1章　偽聖女として婚約破棄されました……3
2章　すでに一番のご褒美をいただいているようなものですから……50
3章　聖女に対する、そもそもの価値観が違うのでしょう……90
4章　あの国は今、どんな状態になっているのでしょうか……125
5章　聖女を冒涜しているのはお前たちの方だ……164
6章　これがわたくしにできる、最善だったのです……186
7章　我が国の聖女様に必要なことかもしれません……205
8章　最後の聖女になろうと思います……260
外伝　皇太子の初恋……271

王妃になる予定でしたが、偽聖女の汚名を着せられたので逃亡したら、皇太子に溺愛されました。そちらもどうぞお幸せに。

糸加

イラスト
はま

1章　偽聖女として婚約破棄されました

「エルヴィラ・ヴォダ・ルストロ。お前を聖女と認めるわけにはいかない！　お前が育てていた『乙女の百合《ゆり》』は偽物だった！　この偽聖女め！」

この国の若き王であるアレキサンデル様が、神殿でわたくしにそう告げました。

「エルヴィラ様が聖女じゃなかった？」

貴族たちのざわめきで、神殿の静寂《せいじゃく》が破られます。

「どういうことなんだ？」

「聖女認定はどうなる？」

ざわめきはなかなか収まりません。

それもそのはず。今日のこの場でわたくしが聖女認定されると誰もが思っておりましたのに、一転して、「偽聖女」呼ばわりなのですから。

――わたくしも、もちろん衝撃を受けました。

しかし、王妃になるべく教育されたわたくしは、こんなときにも無表情でいられるのです。

突然の濡《ぬ》れ衣《ぎぬ》に手が震え、慌《あわ》てて強く握りしめることで誤魔化《ごまか》しましたが、アレキサンデル様はまるっきり気付いてもおられない様子。そうですよね。わたくしの些細《ささい》な変化などを、分かってくださる人ではありませんでした。

胸が潰《つぶ》れそうになりながらも顔色だけは変えないわたくしに、アレキサンデル様は苛立《いらだ》ったように続けました。

「伝説の『乙女の百合』、それを育て咲かせることができるのは、エルヴィラだけだった。私を含め、みんなそう思っていた。しかしそれこそが、エルヴィラの計略だったのだ！『乙女の百合』は偽物だった！　珍しいだけの、ただの白い百合だったのだ！」

「そんなわけはない！」

割って入ったわたくしのお父様に、アレキサンデル様は、ニヤッと笑いました。わたくしと違い、お父様が衝撃を受けているのが分かったから嬉《うれ》しかったのでしょう。

「ルストロ公爵、今の態度は、娘かわいさのあまりだと思って不問にしよう。だが、いくら異議を申し立てても、事実は覆《くつがえ》らない。なあ？　大神官殿」

大神官様が、アレキサンデル様の横にスッと並びます。

「その通り。エルヴィラ様は、聖女ではありませんでした」

「では、問おう。誰が本当の聖女なのだ？」

大神官様は、とある女性の名前を呼びました。

「ナタリア・ツィトリナ・ズウォト！　こちらへ」

「はあい、ナタリア、ここにおりますぅ」

群衆の中からナタリア様が現れ、わたくしの隣に立ちます。

仮面舞踏会にでも出席するような黒のレースを使った露出の多いドレスは、この場に似つかわしくないと思うのですが、わたくしが口を出すことではありませんね。

大神官様は、高らかに告げます。

「ナタリア様、あなたが育てた百合が『乙女の百合』でした。よってこの国の聖女は……ナタリア様です！」

周囲のざわめきは最高潮です。

「ナタリア様？」

「男爵令嬢の？」

飛び出そうとしたお父様を、お母様が抑えました。それを気持ちよさそうに眺《なが》めながら、アレキサンデル様は言いました。

「聖女ではないということは、私とエルヴィラとの婚約も白紙に戻ることになる」

そこで初めてわたくしは、口を開きました。

いつも通り、背筋を伸ばして、まっすぐアレキサンデル様を見据《みす》えて申し上げます。

「――承知しました」

アレキサンデル様は、拍子抜けした顔をしました。

「了承するのか？」

「仰《おお》せのままに」

アレキサンデル様は、明らかにがっかりした声を出しました。

「ということは、自分のしたことを認めるのだな？　それでいいのか？」

おかしな方ですね。翻意《ほんい》を促《うなが》したいのでしょうか？

「わたくしが何を申し上げても、陛下はお気持ちを決められたご様子」

わたくしは表情を変えずに、重ねて申し上げます。

こういうところが、お前はかわいくないと言われる所以《ゆえん》なのだろうと思いながら。

それでも、これだけは言っておかなければなりません。

「陛下、わたくしの育てた百合が『乙女の百合』です。誰がなんと仰《おっしゃ》っても、その事実は覆りません」

「見苦しいぞ！」

「申し訳ありません。しかし、事実ですので」

あんな温度管理や肥料の配合に気を使う百合を、ナタリア様に育てられるとは思えません。

「ご存じの通り、『乙女の百合』は聖女が育てますと、真っ白に輝く花弁と、青い花粉を持つ、この世に2つとない花になります。けれど、聖女以外が育てましたら、同じ球根でも、黄色い花弁になります」

トゥルク王国では毎年「聖女の儀」が近付くと、聖女候補たちが一斉に神殿から預かったその苗を育てます。今年は、わたくしとナタリア様だけでしたが。

「努力の甲斐あって、先日、ついにわたくしは、そのつぼみを開かせることに成功しました。アレキサンデル様と神殿にも、ご確認いただいておりました」

大神官様は、そこでわたくしを睨《にら》みつけました。

「そう。だから私たち神殿も、初めはエルヴィラ様を聖女だと思っておりました。ところがよく調べたところ、エルヴィラ様の百合は、普通の白百合に色を付けたものだったのです。恥を知りなさい！」

「そうだ、偽聖女め！　よくも私を騙《だま》そうとしたな！」

「そんなつもりは」

「うるさい！　お前が聖女に一番近いと思っていたからこそ、婚約していたのだ。偽聖女に用はない！」

わたくしが何を言おうとしても、アレキサンデル様は聞きません。ついにこう叫びました。

「エルヴィラとの婚約を破棄した私は、正統な聖女であるナタリアとの婚約を、ここに宣言する！」

わたくしは、小さなため息をつきました。

最初から、そのつもりでしたのでしょう。アレキサンデル様も、神殿も。

「アレキサンデル様……！　ナタリアは感動しています……」

わたくしは思わず、隣で目を潤ませているナタリア様を一瞥《いちべつ》します。

ふわふわのストロベリーブロンドに、豊満な肉体。少し舌足らずな喋《しゃべ》り方。大きな瞳。

ストレートのプラチナブロンドで、理知的な瞳と言われるわたくしと、何から何まで正反対です。

アレキサンデル様が、数カ月前に場末の仮面舞踏会で出会ったナタリア様と男女の関係になったことは、わたくしの耳にも入っておりました。

ですが、陛下が崩御《ほうぎょ》し、戴冠式を控えたアレキサンデル様の、はめを外した遊びだと思おうとしていたのです。聖女と王妃になるのはわたくしなのですから、側妃《そくひ》の1人くらいは当たり前だと、小さいことを気にしてはいけないと、自分に言い聞かせておりました。

アレキサンデル様の戴冠式が無事に終わった今、わたくしの聖女認定を待って、あとは結婚式を挙《あ》げるだけでしたのに。聖女候補として、また公爵令嬢として、未来の王妃になるために、

13の歳から厳しい修行と勉強に明け暮れておりました。

確かに、アレキサンデル様との間に、愛情はありませんでしたが、わたくしは、わたくしにできることを精いっぱいしているつもりでした。

それが、まさかこうなるとは。

ですが、ここは潔く引きましょう。

それがわたくしの、せめてもの矜持です。

せめて背筋を伸ばして、前を見て、去りましょう。わたくしが、そう思っておりましたら。

「ただ、エルヴィラが今まで国のために尽くしてきたことは事実だ」

アレキサンデル様は、そんなことを言い出しました。なんだか不穏な予感がします。

「よって、エルヴィラは、引き続き王宮に住むことを認める」

引き続き王宮に？　わたくしを？

アレキサンデル様は、さも愛《いと》しそうにナタリア様を見つめて続けました。

「聖女ナタリアの補佐となり、一国民として国に尽くす――」

「お断りします」

少し、食い気味に言ってしまったのは、ご容赦《ようしゃ》いただけるかしら。

「なんだと？」

「お断りしますと、申し上げました」

「なぜだ？　国の役に立てるのだぞ？」

数カ月前に出会った男爵令嬢では、どんなに魅力的でも王妃が務まるわけがありません。聞けばナタリア様は庶子《しょし》で、途中まで平民だったとのこと。いまだに仕草に貴族らしさが出ずに苦労しているご様子でした。そんなナタリア様が王妃になるために今から勉強するとしても、どれほどの時間がかかるのか。

そう思ったアレキサンデル様は、すでに実務を手伝っているわたくしに引き続き仕事を押し付けて、ご自分は、ナタリア様と睦《むつ》まじく暮らすおつもりなのでしょう。

偽聖女の汚名を着せられたわたくしは、反抗もできず、一生飼い殺しにされるわけです。

……お断りですね。

アレキサンデル様とナタリア様だけの考えとは思えません。おそらく、公爵家の威信を潰したいどこかの貴族が、神殿と手を組んで、アレキサンデル様をそそのかしたのでしょう。

けれど、このままここにいられるはずもないのも事実。家族に累《るい》が及ぶ可能性もあります。

わたくしはひとつの決意を口にしました。

「聖女でもなく、婚約も破棄されたわたくしは、ここにとどまっている理由がありません。国外に出ようと思います」

驚いたことに、アレキサンデル様は、身を乗り出して聞きました。

「どこに？」

「申し上げる必要がございますか？」

「言え！」

「ご容赦《ようしゃ》ください。偽聖女として、攻撃されるかもしれない身の上です。安全を確保するために守秘させてくださいませ」

と、そこにお父様の声が響きました。

「そもそも、エルヴィラが聖女でないとはどういうことだ！　異議を申し立てる！」

大神官様が、それを聞いて慌てたように、アレキサンデル様に耳打ちしました。

アレキサンデル様は、わたくしを上から下までじっと見つめて、やがて言いました。

「……分かった。エルヴィラの国外移住を認めよう」

ありがとうございます、とわたくしは完璧なお辞儀で、それに応えました。

「それでは失礼いたします。ああ、ナタリア様」

わたくしは、最後にナタリア様に向かって言いました。ナタリア様は傷付いた小動物のような目をして、わたくしを見上げます。

周りから見れば、わたくしが威圧しているようにしか、見えないでしょうね。

「聖女として、王妃として、この国を、しっかり守ってくださいませ」

「はぁい。ナタリアは精いっぱい――」

返事は聞かずに、背を向けました。

ナタリア様の決意を聞きたいわけではございませんので。


わたくしが神殿の出口に向かいますと、お父様とお母様が駆け寄ってくださいました。

「エルヴィラ！　何があっても、あなたは私たちの娘よ、安心して」

その言葉に、緊張の糸が緩《ゆる》みそうになりました。けれど、アレキサンデル様に少しでも涙をお見せしたくなかったので、必死に堪《こら》えました。

「お父様、お母様、ご心配をおかけして申し訳ありません」

「いいのよ、さあ、帰りましょう」

「それなのですが」

わたくしは、もう、家に戻るつもりはありません。お父様とお母様に、そのことをお伝えしようとしましたら、

「ま、待て、エルヴィラ！」

なぜか、アレキサンデル様が、わたくしを呼び止めました。当然のことながら、周りの貴族

たちは、わたくしたちの会話を見守っております。

「なんでしょうか」

「護衛を付けよう。そなたが行こうとしている場所まで。もちろん、行き先は国民には伏せるから安全だ」

わたくしは呆《あき》れました。そこまでして、わたくしがどこに身を寄せるのか、知りたいのでしょうか。わたくしの行動を把握して、ナタリア様に危害を及ぼさないか見張るため？

そうだとしたら、見くびられたものです。

わたくしは、感情を表に出さず、お答えしました。

「どうぞ、構わないでくださいませ。婚約破棄された公爵令嬢など、放っておいていただくのが、一番の親切です」

しかし、と渋るアレキサンデル様に、お父様が間に立って、口を挟《はさ》みます。

「陛下、失礼ながら、申し上げます。こればかりは娘の言う通りに、お願いいたします」

アレキサンデル様は、怒り出しました
「なんだ、その態度は！　本当なら今すぐ偽聖女として、牢獄に入れてもいいのだぞ！　それを許すばかりでなく、今までの功績から、宮廷に残してやろうと言うのに、それも断り、最後に護衛まで断る！　何様のつもりだ！　今すぐ捕まえてやろうか」

お父様も引きません。

「牢獄に入れるのでしたら、ちゃんとした裁判にかけていただけるのですな？　そこで異議を申し立てるのも、公爵家としては悪くありません。中立性のある判断を望むためには、外国の神殿に聖女認定を頼んでもいいのではないでしょうか。しかし、そうなると、騒ぎが大きくなります。そちらの新しい聖女様もいろいろと調べられることになると思いますが？」

「うるさい！　王は私だ！　私の言う通りにしろ！」

「娘はその王妃になるために、今まで頑張ってきたのです！　少しの温情もないのですか！」

「だから、護衛を付けると言っているのだ！」

お父様とアレキサンデル様が怒鳴り合うのをどうやって止めようか、わたくしが考えていたそのときです。

「失礼ですが、エルヴィラ様の護衛なら、私にお任せください」

見学の貴族たちに紛《まぎ》れていたのでしょう。

端正で凛々《りり》しい顔立ちに、癖《くせ》のない黒髪。

ルードルフ様がわたくしの目の前に来て、そう仰いました。

「あの黒髪、まさか、ゾマー帝国の皇太子様？」

貴婦人たちがひそひそと言い合います。

「まあ、噂通りの美しさ」

「神秘的な魅力ですわ」

アレキサンデル様に向かって、ルードルフ様が仰います。

「ルードルフ・リュディガー・エーベルバインと申します。聖女認定の儀式を見学させていただくつもりで、この国に滞在しておりました」

「招待したのは私です」

お父様が付け足します。ルードルフ様は、ゾマー帝国の皇太子様で、我が公爵家とも繋《つな》がりがあります。わたくしも何度かお会いしたことがありました。聖女の儀でまたお会いできると聞いて、喜んでいたのですが、まさかこんな場面をお見せするなんて。

申し訳なく思ったわたくしの手を、ルードルフ様はやさしく取りました。

「わたくしに、エルヴィラ様の望むところにお送りする権利をいただけないでしょうか？」

そして、昔みたいに、いたずらっぽく笑いました。

わたくしは、初めて、ほんの少し心がほぐれました。

お父様のお顔を見上げますと、お父様も頷《うなず》いております。ハンカチで涙を拭《ぬぐ》っていたお母様も、同じように頷いておりました。

わたくしは、もともと、国境にある修道院に入るつもりでいました。偽聖女と言われても、祈りから離れるつもりはなかったのです。ルードルフ様にそこまで護衛していただけるなら、安心です。アレキサンデル様も、ゾマー帝国の意に逆らうことはなさりませんよね。

わたくしは、ルードルフ様のご厚意に甘えようと思いました。ところが。

「初めまして、ルードルフ様。ナタリアと申します」

いつの間に近付いたのでしょう。

ナタリア様が、ルードルフ様の前まで来て、ご挨拶《あいさつ》申し上げているではありませんか。

「ルードルフ様、ナタリアに、いい考えがあるのです」

まるでルードルフ様の昔からの友人のような馴《な》れ馴れしさで、ナタリア様は言いました。

わたくしも含めて、誰もが言葉を失いました。今のこの状態で、ナタリア様に何が提案できるというのでしょうか。何より、帝国の皇太子様に向かって、あまりにも失礼な態度ではないでしょうか。

ですが、わたくしは心の底で、分かっておりました。

それくらいのことを気にするナタリア様ではないということを。

わたくしにも、何度となく、馴れ馴れしくすり寄ってきましたもの。わたくしはそのたび、仲良くするつもりがないことを、それとなく伝えたのですが、通じておりませんでした。

案の定、ナタリア様は場違いなことを言い出します。

「ルードルフ様、今からナタリアと一緒にお茶はいかがですか？」

は？　お茶？　今から？

お父様もお母様も、そのほかの貴族たちも、固まっております。ルードルフ様だけが、感情を出さずに、ナタリア様を見つめ返しました。

帝国の耀きといわれる美しさの、ルードルフ様です。

端正で凛々しい横顔。ミステリアスな黒髪。見目麗《みめうるわ》しい殿方を周りに置くのが好きなナタリア様は、この機会にお近付きになりたかったのかもしれません。それにしても。

「なぜ、お茶を？」

ルードルフ様が、この場の誰もが抱いている疑問を口にしました。

「ルードルフ様がナタリアと一緒にお茶を飲めば、その間、アレキサンデル様が、エルヴィラ様をお送りすることができますわ。エルヴィラ様は安全に行きたい場所に行けますし、ルードルフ様は疲れを癒《いや》せますし、アレキサンデル様はエルヴィラ様に温情を示せますし、いいことばかりです」

お母様が本当に微《かす》かな声で呟《つぶや》きます。

「こんな子をなぜ……？」

それはわたくしがずっと考えていたことでもありました。

けれど、ナタリア様のこの天真爛漫《てんしんらんまん》な態度が、身分の高い男性に新鮮な印象を与えることを、わたくしは経験から分かっております。アレキサンデル様だけでなく、宰相様のご子息や、騎士団長様のご子息など、宮廷はナタリア様の取り巻きでいっぱいでした。

ですからルードルフ様がナタリア様とのお茶を選んでも仕方ない、とわたくしは諦《あきら》めました。男性は、皆、ナタリア様のような方が好きなのでしょう。わたくしのようなかわいげのない女よりも。

わたくしはルードルフ様に、どうぞご遠慮なく、と言おうとしました。しかし。

「そんな馬鹿げたことを、まじめに言っているのですか？」

びっくりするくらい冷たい声で、ルードルフ様が仰いました。

「え」

ナタリア様は、かなり驚いた様子です。わたくしも、少し意外でした。

「あなたとお茶をして癒されるとは思えませんが」

「でも、あの、お疲れでしょう？」

「疲れていたとしていても」

ルードルフ様は、薄く笑って言いました。

「あなたは自分のお茶の時間に、価値を置きすぎですね」

「そんな……ひどい」

ナタリア様は目に涙を浮かべましたが、ルードルフ様は、威圧感を増して仰います。

「そもそも、私はあなたに名前で呼ぶことを許可していません。今すぐ謝罪してください」

周りがざわめきました。非があるのはナタリア様の方です。すぐに謝るべきです。

「え……でも」

なのに、ナタリア様はまだ、持論を譲らないおつもりです。

「ナタリアはちゃんと自己紹介しました」

「勝手にあなたが喋り出しただけです。そもそも私はあなたに話しかける許可も与えていません。この国はいつから、男爵令嬢が皇太子にベラベラ話しかけるようになったんでしょう。それとも、もしかして」

ルードルフ様は、少し離れたところにいる、アレキサンデル様を見据えて仰いました。

「陛下、これは帝国に対する無礼だと受け取ってよろしいですか？」

アレキサンデル様は、慌てて仰いました。

「そ、そのようなつもりは……ナタリアのもてなしの心が暴走したようで。ナタリア、早くお詫《わ》び申し上げろ」

「は、はい……申し訳ございません」

ナタリア様は怪我《けが》をした子リスのように目を潤ませて、ルードルフ様に謝罪しました。

「以後、私に話しかけないでいただきたい」

ルードルフ様は、ぴしゃりと仰いました。そして、一転した笑顔で、わたくしを見つめてくださいました。

お父様が、ルードルフ様に仰います。

「ルードルフ様、娘を、お願いできますか？」

「光栄です」

「それでは、陛下、失礼します」

わたくしたちは、神殿から出ていきます。

ルードルフ様が、ナタリア様とアレキサンデル様に向かって、最後に仰いました。

「言い忘れておりましたが、新聖女様誕生と、ご婚約、おめでとうございます。とてもお似合いのお2人ですね」

アレキサンデル様は目を丸くして、ご自分の腕にしがみついているナタリア様を見つめました。

ルードルフ様のおかげで、わたくしはいったん自分の屋敷に戻る冷静さを取り戻せました。

やはり動揺していたのでしょう。あのままでしたら、十分な荷物もまとめず、修道院に飛び込んでいたと思います。

ルードルフ様を交え、わたくしとお父様とお母様の４人でひとまずお茶をいただきます。侍女が淹《い》れるお茶の香りに、ようやく気持ちがほぐれました。

「あの王と王妃では、この国は危ういね」

カップを優雅に傾けながら、ルードルフ様が仰います。

「エルヴィラ様の、この素晴らしさが分からない若き王と、礼儀も知らない王妃。よそ者ながら、心配ですよ」

お父様が、厳しい口調で仰います。

「賢くない王と王妃の方が、都合のいい奴らがおるんでしょう。エルヴィラはそいつらの謀略に巻き込まれた。腹立たしいが、今まで見抜けなかった私の責任だ。エルヴィラ、すまない。お前をこんな目にあわせて」

「そんな！　お父様が謝ることではありませんわ！　わたくしが至らなかったから……」

本当に、わたくしさえもっとしっかりしていればと、そればかり悔やまれます。

「ルストロ公爵、王をそそのかした人物に心当たりは？」

ルードルフ様の問いかけにお父様が答えます。

「確信はありませんが、何人かは思い浮かんでおります」

「その人物たちが、エルヴィラ様をこのまま放っておくと思いますか？　宮廷で飼い殺しにできなかった、聡明で美しい、王妃教育を施された公爵令嬢ですよ？　例えば、第二王子であった、今の王弟殿下のパトリック様と婚約させて、パトリック様に王位を継承させようという動きも出てくるのでは」

「でも、パトリック様はまだ10歳ですわ。それにもう婚約されております」

パトリック様の婚約者のアンナ様は、まだ12歳。天使のような小さな婚約者たちを、わたくしは微笑ましく見守っていたのです。その２人を引き裂くような役目は、死んでもしたくありません。

けれど、お父様もルードルフ様も難しい顔をしています。わたくしは、ゾッとしました。

「そんな……嫌ですわ、もう」

宮廷の争いに巻き込まれるのは、たくさんです。お母様が、わたくしの手をそっと握ってくださいました。

「わたくしは残りの人生を、祈って暮らせたら十分なのです。地位も名誉も望みません。お父様、お母様、わたくしを修道院に送ってくださいませ」

婚約を破棄されたときから、それればかり考えておりました。ですが。

「ならぬ！」

「エルヴィラ、ダメよ！」

お父様もお母様も反対しました。ですが、わたくしも引けません。このままでは、お父様とお母様に迷惑がかかるのは目に見えているからです。

「偽聖女呼ばわりされて、婚約破棄された娘など、この家にとって不名誉でしかありません。留学中のリシャルドお兄様にも、影響があるでしょうし……かといって、パトリック様と婚約するようなことは受け入れられません」

「でも、エルヴィラ、修道院だなんて」

「そうだよ、まだ若いお前をそんなところに閉じ込めるのは反対だ」

「ですが……」

わたくしが、どうやってお父様たちを説得しようか考えていたそのとき。

「差し出がましいようですが、よろしいですか？」

ルードルフ様が仰いました。

「私も、まだ若いエルヴィラ様が修道院に入るのは反対です」

「そうですわ、ルードルフ様」

「やはりそうなんだよ、エルヴィラ」

「そこで提案なのですが」

ルードルフ様はわたくしを、とてもやさしい瞳で見つめて仰いました。

「エルヴィラ様を、わたくしの婚約者として、ゾマー帝国に迎えるのはどうでしょうか」

わたくしもお父様も、びっくりして、何も言えませんでした。

ところが。

「ルードルフ様、そのお話、詳しくお聞かせいただけますか？」

お母様だけが、冷静にルードルフ様に質問なさいます。

ルードルフ様は頷きました。

「ここにいたら、エルヴィラ様が利用される可能性は高いでしょう。それに、アレキサンデル様自体も、エルヴィラ様に未練があるご様子。何をしでかすか分かりません」

「未練だなんて、そんなことはありませんわ」

わたくしは思わずそう言ってしまいましたが、ルードルフ様はやさしく首を振ります。

「あの新しい王妃に飽きるのはすぐですよ。いえ、もはや、すでに後悔しているでしょう」

まさか、と思いましたが、ルードルフ様のお話は続きます。

「そして、これは、一番考えたくない可能性ですが、アレキサンデル様を傀儡《かいらい》にしたい人たちにとって、飼い殺しにできなかったエルヴィラ様は、脅威です」

「それは……確かに」

「そいつらは、エルヴィラ様の命だって狙うでしょう。まだ10歳でも、エルヴィラ様と婚約したパトリック王子の方が、王にふさわしいのですから。それほどエルヴィラ様の価値は高い」

買いかぶりすぎだと思いましたが、お母様もお父様も熱心に頷いております。

「確かに。このままだとエルヴィラの命が危ないな。なんとかせねば」

「ということは、ルードルフ様はエルヴィラを助けるつもりで、婚約を？」

「それももちろんありますが」

ルードルフ様は、そこで突然立ち上がり、床に片膝をついて、わたくしに告げました。

「エルヴィラ・ヴォダ・ルストロ様、どうぞ、ルードルフ・リュディガー・エーベルバインと結婚していただけないでしょうか。以前からずっとお慕《した》いしておりました」

ルードルフ様の突然の求婚に、わたくしは、息が止まりそうなほど驚きました。何も言えずにおりましたら、お母様が先にルードルフ様に伺《うかが》います。

「ルードルフ様。ご無礼を承知でお聞きしますが、お許しください。その求婚は、婚約破棄されたエルヴィラに対する同情でしょうか？　それとも、この国の脅威となりうるエルヴィラを手中に収めたいという、政治的野心？」

「どちらでもありません」

ルードルフ様は立ち上がって、キッパリと仰いました。

「私は、本当にずっと昔から、エルヴィラ様に惹かれていたのです」

そして、ほんの少し、悲しそうに目を細めます。

「ですが、出会ったとき、あなたはすでに婚約されていた」

ルードルフ様がわたくしを？　まさか、そんな。

頭の中が整理できず、わたくしはずっと驚いた顔のままでした。

ルードルフ様は、そんなわたくしの顔を覗《のぞ》き込みます。王妃教育で鍛えているはずなのに、わたくしは、自分の顔が赤くなるのを止められませんでした。

「それでも、いろんなあなたを見てきたつもりです」

どのようなときに、と聞きたくても、ルードルフ様が近すぎて、口も開けません。

お父様が咳《せき》払いをして、ようやくルードルフ様は離れてくださいました。

けれど、視線はわたくしをとらえています。

「聖女になるために努力しているエルヴィラ様、王妃教育を懸命にこなすエルヴィラ様。あなたは、いつも精いっぱいで、前向きだった。そんなあなたの隣を歩むのが私ならと思ったことは、一度や二度ではありません」

お父様が、低い声で仰いました。

「本気なのですね？」

「はい」

お母様とお父様が、目で語り合ったのが分かります。

2人とも立ち上がって、ルードルフ様に頭を下げました。

「ルードルフ様、娘をよろしくお願いします」

「お父様、お母様！」

わたくしも思わず席を立ったものの、どうしていいか分かりません。

ルードルフ様は、微笑みを浮かべております。

「安心してください、エルヴィラ様。あなたの気持ちが固まるまで、あなたには触れないことをお約束します」

それはどういうことでしょう。お父様もお母様も、意外そうです。

「あなたは今日、長い間婚約していた相手とお別れしたばかりではないですか。本当なら、もう少し時間をかけて、私の気持ちを分かってもらいたいところです。ただ、今は悠長なことを言っていられない。私の婚約者としてゾマー帝国に来てくだされば、修道院以上の安全を保証できます」

だから、とルードルフ様はまっすぐわたくしを見て、仰いました。

「あなたの気持ちが私に傾くまで、あなたに触れません」

ルードルフ様のその真摯《しんし》な態度に、少なからず胸を打たれました。お母様が質問します。

「もしもエルヴィラが一生、ルードルフ様に気持ちを傾けなかったら、どうなりますか？」

「一生、触れません」

お父様が安心したように、頷いております。お母様は、わたくしに仰いました。

「エルヴィラ、ルードルフ様の仰るようにいたしましょう。私もお父様も、あなたの幸せと安全を一番に考えたいの」

「ですが、あまりにもご迷惑では……」

わたくしがためらっていますと、ルードルフ様が仰いました。

「わざわざ気持ちを伝えたのは、あなたが私の側にいるだけで、私は十分幸せだということを知っていただきたかったからです」

やさしい微笑みをわたくしに向けてくださいました。

「あなたが近くにいる。そのお礼として、私にあなたを守らせてください」

そんなに思っていただけることが信じられません。

けれど、確かに今は、ルードルフ様に甘えさせていただくのが最善です。せめてゾマー帝国で、わたくしがお役に立てることがあればいいのですが……それはのちほど考えることです。

今は一刻も早く、決断しなくては。

わたくしは完璧なお辞儀をして、ルードルフ様に申し上げました。

「ふつつかものですが、よろしくお願いいたします」

「ああ！　ありがとう、エルヴィラ！」

お礼を申し上げるのはわたくしの方なのに、ルードルフ様はそんなふうに仰いました。

◆◇◆◇◆

人払いをした部屋で、アレキサンデルは大神官を怒鳴りつけた。

「話が違うぞ！　エルヴィラに王妃の仕事をさせるというから、ナタリアと婚約したのに」

申し訳ございません、と大神官は殊勝な態度で頭を下げた。

「まさか、あそこで断るとは思っていませんでした。よほどナタリア様のことが嫌なのでは？」

「だが、今までそんな態度は見せてなかったぞ」

隠していたのでしょうよ、と思ったが、大神官は作り笑顔で言った。

「明日にでも、エルヴィラ様のところに行って、もう一度王妃の補佐になるように説得しましょう。それで解決ですよ」

「嫌がるなら、無理やり連れてこい」

アレキサンデルは怒りを滲《にじ》ませて言った。

「そうだ、腕の立つ者を何人か連れて行って、公爵や公爵夫人を盾に取れ……エルヴィラも、そうすれば自分がしたことを反省するだろう」

「そうです。そして今まで以上に陛下に尽くすことでしょう。これも神が起こした必然です」


——そのとき。

誰もいない山奥で不穏な気配がしたが、もちろん誰も気が付かなかった。

◆◇◆◇◆

その日の真夜中。

わたくしはルードルフ様の妻になるべく、すぐにゾマー帝国に発つことになりました。ごく少数の精鋭のお付きの者たちだけをつれて、ゾマー帝国に向けて出発します。身分を隠した控えめな装飾の馬車に、わたくしとルードルフ様は乗り込みます。

「エルヴィラ、体に気を付けてね」

「お父様とお母様も、どうぞお気を付けて」

お2人とも、微笑んでわたくしを見つめていました。次に会うのはいつになるか、分かりません。お父様とお母様はこのあと、キエヌ公国に向かうことになっていました。お母様はそこの公女でしたし、お兄様の今の留学先でもあるのです。

「あそこの警護も手厚いから、安心しなさい」

お母様の言葉に涙を堪えます。

「どうぞ……ご無事で」

別れを惜しむ間もなく、馬車が動き出します。生まれた国を離れることに不安はありますが、ゾマー帝国に向かうにつれ、わたくしの中で新しい懸念が沸き起こってきました。

「ルードルフ様」

思い切って、わたくしは馬車の中で申し上げます。

「偽聖女にされたわたくしが妻では、ルードルフ様の評判に傷が付くのではないでしょうか」

けれど、ルードルフ様はあっさり仰いました。

「そんな傷ならいくらでも付けてもらいたい」

いくらでも？

予想外のお答えにわたくしが固まっておりますと、むしろ楽しそうに微笑みます。

「でも、あなたの名誉のためになんとかしなくてはね。我が帝国の神殿に相談してもよろしいですか？　信頼できる人物がいます」

わたくしに異存はありませんでした。

◆◇◆◇◆

「いない？　どういうことだ？」

翌朝。大神官の報告に、アレキサンデルは不機嫌に問い返した。

「ルストロ公爵家に向かった使いの者たちの話によると、もう誰もいなかったそうです。実に素早い奴らですな」

「それで済むか！　見ろ！　あれを」

アレキサンデルは、執務机の上の書類を指差した。

「エルヴィラが自分の仕事をしないせいで、ここにまで書類が回ってきている！　信じられるか？　あれでまだ1日分なのだぞ？」

今までエルヴィラに押し付けていた書類の山だった。

「なんとしてもエルヴィラを探せ！　すぐにだぞ！」

「かしこまりました」

大神官は、そうだ、というように提案した。

「陛下さえよろしければ、お仕事のお役に立てる人物がいるのですが、手伝わせてよろしいでしょうか？　ロベルト・コズウォフスキと言いまして、わたくしの甥《おい》にあたります」

「ふん、使えなければ追い出すぞ」

「お心のままに」

もちろん大神官は、優秀な文官を1人入れたところで、エルヴィラの代わりにはならないことは知っていた。宰相の息子がすでに、アレキサンデルのお気に入りとして入り込んでいるため、そこに割り込んで、自分の地位をさらに磐石《ばんじゃく》にしたかっただけだ。


ゾマー帝国の精鋭に守られたエルヴィラたちは、追っ手に気取られることなく、ゾマー帝国に到着した。婚約破棄から10日後だった。

そこからだった。異変が目に見えるようになってきたのは。

——最初は、山だった。

「何だ、あれは？」

「山崩れだ！　逃げろ！」

大雨も降っていないのに、山の土砂が崩れ出した。

それは、エルヴィラがゾマー帝国の国境に足を踏み入れたのと同じタイミングだった。

◆◇◆◇◆

「もう無理ですぅ。アレキサンデル様」

書類の山と格闘していたナタリアだったが、すぐに弱音を吐いて、休憩ばかりしたがった。

「ナタリア、今日も百合のお世話と儀式の手順を覚える練習で、疲れているんです」

それがお前の役割なのだ、と怒鳴りつけたいのをアレキサンデルは我慢した。そうなるとナタリアは泣いてしまい、余計に仕事をしないからだ。

「百合は咲いているか」

「はい。ナタリア、すごくたくさん頑張りました」

頑張っているも何も、エルヴィラの咲かせた『乙女の百合』だった。

アレキサンデルは近いうちにそれを、ナタリアが育てたと言って、国民に大々的に見せるつもりだ。

「陛下、早くエルヴィラ様を呼んでください。ナタリアだけじゃ無理です。やっぱりあのとき、捕まえておけばよかったんじゃないですか？」

「だが、大神官が、今はまずいから泳がせろと言ったのだ」

耳打ちされてその通りにしたら、逃げられた。忌々《いまいま》しい。

「失礼します」

そのとき、宰相の息子であるヤツェク・リーカネンが部屋に入ってきた。

「おお、ヤツェクか」

ヤツェクは、騎士団長の息子であるユリウス・マエンバーと並んで、アレキサンデルのお気に入りだった。アレキサンデルがナタリアと出会った仮面舞踏会でも一緒だったくらいだ。

先代から仕えている重鎮をうるさがったアレキサンデルは、ヤツェクやユリウスのような若手をどんどん起用していた。

ヤツェクは持参した書類を広げて言った。

「報告があります」

「待ってたぞ」

エルヴィラが見つかったのか、とアレキサンドルは喜んだ。しかし。

「北の山が一部崩れているそうです」

求めていた情報ではなかった。アレキサンデルは一気に興味を失った。

「原因は、今調べているところですが、不明です。死者は出ていないようです」

ヤツェクの説明によると、北の山の『聖なる頂《いただき》』と呼ばれている場所の一部分が崩れたらしい。牧羊民である山の民が、遠くからそれを見て報告してくれたとのことだ。

アレキサンデルは、鼻で笑った。

「地盤でも緩んでいたんだろ。放っておけ。そんなことに金も時間もかける必要はない。調査も適当に切り上げるように言え」

これにはヤツェクも驚いた。

「し、しかし、陛下。地盤が崩れるにしては、このところよい天気が続いていましたし、山の民は不安がっています。調査は必要なのでは」

「たまたまが今だったんだろ。それだけだ」

これ以上仕事を増やしたくないアレキサンデルは、そう言った。

「そうですか……」

ヤツェクはため息を飲み込んだ。アレキサンデルは言い出したら聞かないことは分かっている。それならば、とナタリアに向き合った。

「それでは、聖女様にお出ましいただけますか？」

「え？　ナタリアですか？　どこに？」

「もちろん、『聖なる頂』を見渡せる向かいの尾根、フレグの町のグレの山ですよ」

「そんな遠く？　どうしてですか？」

「どうしてって……崩れたのが『聖なる頂』という、山の民にとって神聖な場所だからです。みんな聖女様に祈りを捧げてもらいたがっています」

『聖なる頂』は、人が入れないほどの高さにある山頂だ。山の民は、一日の始まりと終わりに、遠くからでもそこに向かって礼をする。

山の聖霊と今までの聖女様が、そこから山の民を見守ってくれていると考えているのだ。

こんな初歩的なことを聖女であるナタリアが知らないのはなぜだろうと思いながら、ヤツェクは説明した。

「わあ、そうなんですね！　ヤツェクは本当になんでも知ってますね」

そう言って笑うナタリアは、いつものように愛らしかった。しかし。

「でも、陛下が仰った通り、放っておいていいんじゃないですか？」

その答えには驚いた。ヤツェクは思わず言った。

「ナタリア様は聖女でしょう？　民のために、国のために、祈らないのですか？　エルヴィラ様は聖女候補のときから、求められたらどこへでも行って、祈りを捧げていましたよ」

ナタリアは瞬時に涙を浮かべた。

「ひどい……ナタリアより、偽物の聖女の方がよかったって言うんですね」

「あ、いえ、そういうわけでは」

「出てってください！　ナタリアはすごく悲しいです！」

どうしたものか、とアレキサンデルをちらっと見たら、こちらも、下がれ、と言わんばかりに手を振った。

「山の民にはお前から上手く言え」

仕方なく、ヤツェクは部屋の外に出た。

廊下に出ると、深いため息が出た。

エルヴィラが早く戻ってくればいいのに、とヤツェクはしみじみと思った。そうすれば、聖女補佐として、祈りを捧げてくれただろうに。

だが、いないからには仕方がない。山の民には、新しい聖女様は忙しくて来られないと説明しよう。山の民が反感を抱くかもしれないが、本当のことだ。

ヤツェクは重い足取りで歩き出した。

◆◇◆◇◆

ゾマー帝国でルードルフ様がわたくしに用意してくださったのは、とても美しい離宮でした。何もかも揃《そろ》っており、侍女やメイドまで付けてくれています。

「まずは体を休めてください」

ルードルフ様の気遣いを嬉しく思いながらも、わたくしはルードルフ様にお願いしたいことがありました。思い切って、ルードルフ様、と話しかけますと、なんですか、とやさしく答えてくださいます。

「皇帝陛下と皇后陛下に、謁見《えっけん》をお願いしたいのですが」

ルードルフ様は意外そうに仰いました。

「もっと落ち着いてからでもいいんですよ」

いいえ、とわたくしは首を振ります。

「婚約破棄されて、偽聖女の汚名を着せられた公爵令嬢など、どんな娘かと思うでしょう。こちらからご挨拶に伺いたいのです」

ルードルフ様は、しばらく何か考えていましたが、やがて頷いてくださいました。

そうして、数日後。

皇帝陛下は、南部を視察中でしたのでまずは皇后陛下の宮殿で、ルードルフ様とわたくしの

3人でお茶をいただくことになりました。ご挨拶いたしますと、意外なことに、皇后陛下は親しげに話しかけてくださいました。

「ルストロ公爵様には、何度かお会いしておりますの。どうぞ気楽になさって」

「恐れ入ります」

皇后様は、威厳を持ちつつも、華やかなお方で、ルードルフ様に目元がよく似ております。

お茶の支度をしたメイドを下がらせてから、皇后様は仰いました。

「ですから、基本的に反対はしないのだけど」

ルードルフ様がその先を遮《さえぎ》ります。

「父上と母上が何を言っても、私はエルヴィラと結婚しますよ」

「ルードルフ様」

わたくしは思わず口を挟みましたが、ルードルフ様は、熱く続けます。

「あのどうしようもないアレキサンデル王と婚約しているときから、慕っていたのです。正直、神が私に与えてくださったチャンスだと思いました」

驚いたことに皇后様も、頷きました。

「まあ、ねえ。私も陛下も、一度はエルヴィラさんを候補に挙げていたくらいだものね。そしたら、あの王と婚約してしまって。すごく残念だったのを覚えているわ」

初耳でした。ルードルフ様もため息混じりに呟かれます。

「ええ。あのときは残念でした」

「ルードルフがそれ以来、やれ、留学したいから、外遊したいから、婚約はあとで、と先伸ばししていたのは、そういうことだったのね」

皇后様は、ふふふ、と笑いました。

「まあ、帝国内の貴族たちがそれぞれ牽制《けんせい》しあって、どこを選んでもバランスを崩すから、私たちも先伸ばしにしていたのだけど」

「どちらかというと、その牽制を、上手く利用していたでしょう」

「なんのことかしら」

皇后様はほがらかに仰ってから、じっと、茶器の中を見つめました。

「そうか、トゥルク王国のルストロ公爵様のね……どうしようかな」

皇后様が黙ってしまったので、わたくしは口を開きました。

「あの、皇后様、よろしいでしょうか？」

「何？」

「ルードルフ様のお気持ちは大変ありがたいのですが、やはり、このままのわたくしを皆様に受け入れていただくのは難しいと思います」

皇后様が、あら、と言うように眉を上げました。

「そのままのエルヴィラでいいに決まっている。なんの瑕疵《かし》もない」

ルードルフ様の言葉を、皇后様は無視します。

「何か考えがあるのかしら？」

「この国に、『乙女の百合』の球根はございますか？」

わたくしの問いに、お2人が顔を見合わせます。

「もしあれば、わたくし、もう一度『乙女の百合』を育てたく存じます。わたくしが本当に聖女なら、再び、輝くような白い花弁と青い花粉の百合が咲くのではないでしょうか」

「わざわざそんなことをしなくても、エルヴィラは聖女だ」

いいえ、とわたくしはルードルフ様を見つめました。

「国民の信頼を勝ち取るには、必要なことだと思います」

なにより、ルードルフ様のためなのです、とわたくしは胸のうちで言い添えました。

わたくしを選んでくださったルードルフ様のお気持ちに報いるためにも、やり遂げたい。

「咲かなかったら、どうするの？」

わたくしは完璧な微笑みを浮かべて、お答えしました。

「そのときは、偽聖女が皇太子を騙そうとしたと、処罰してくださいませ」

「エルヴィラ！」

皇后様は頷きます。

「分かったわ。じゃあ、それでいきましょう。神殿には伝えておくから」

「ありがとうございます！」

「そんなことをしなくても、君は聖女じゃないか」

「そうだわ」

皇后様が、楽しそうに仰いました。

「せっかくだから、期限を決めましょう。その方がエルヴィラさんもやる気が出るでしょう」

「母上！　余計なことを」

わたくしはすぐに応じました。

「承知いたしました。いつまででしょうか？」

「来月に、『乙女の百合祭り』があるじゃない？　そこで、国民にお披露目《ひろめ》したいわ。『乙女の百合祭り』までに咲かせてちょうだい」

かしこまりました、とわたくしは申し上げました。

◆◇◆◇◆

「陛下、大変です！」

トゥルク王国の執務室に、今日もヤツェクが駆け込んできた。このところ、毎日こうだ。

『聖なる頂』が崩れて以来、国のあちこちで自然災害が起こるようになってきた。

川の氾濫《はんらん》、湖の枯渇《こかつ》。正直、もう何も聞きたくなかったが、そういうわけにもいかない。

「ヤツェク、今日はどうした」

ヤツェクは真っ青な顔で言った。

「港で船が沈みました。大損害です！」

これにはアレキサンデルも驚いた。

思わず立ち上がって、叫ぶ。

「船が!?　どうしてだ？　嵐でもないのに！」

「分かりません。見ていた者の話によると、船同士、勝手に動き出して、ぶつかり合って沈んだそうです。民が救出に当たっておりますが、騎士団の派遣の許可を！」

「……どれくらい沈んだんだ？」

1隻でも被害は大きい。できれば少なくあってくれと思ったアレキサンデルに、ヤツェクは悲痛な叫びで返した。

「全部です!!」

港に出向いたアレキサンデルは、目を疑った。

昨日までは、誇らしげに並んでいたはずの船が、見るも無残な姿であちこちに浮いている。

あたりは混乱した人々でいっぱいで、倉庫は慌てて引き上げた荷で溢《あふ》れていた。

「王様だ！」

「陛下がいらっしゃったぞ！」

人々はアレキサンデルを見つけて、駆け寄ってきた。口々に、窮状を訴える。

「陛下、どうぞ助けてください！」

「これではなんもできません」

「わしらにとって、なにより大事なのは船なんです」

揺れてから沈むまでの間に時間がかかったので、死者は出なかった。しかし、船がなくては明日の生活に困る者たちばかりだ。

助けてください、なんとかしてくれ、とどんどんアレキサンデルに詰め寄っていく。

「貴様《きさま》ら、気軽に陛下に近寄るな！」

さっと前に出たのは、騎士団長の息子、ユリウス・マエンバーだ。部下たちに目で合図して、アレキサンデルと人々との間に距離を作った。だが、人々も引かない。

「近付かなきゃ話を聞いてもらえないでしょう?!」

「こっちは本当に困っているんだ！」

「だいたいなんだって、あんなことが起こるんです？」

おそれながら、と立場のありそうな、がっしりした体格の商人が出てきて言った。

「ユゼフと申します。このあたりを仕切らせていただいています」

港に卸した商品の流通を管理するギルドの長だった。

まわりが静かになり、アレキサンデルも話を聞かざるをえなくなった。

「このところ、北や南の地方でも、災害が起きていると聞いています。もしかして、聖女様に何かあったのでしょうか？」

「貴様、聖女様を侮辱するのか?!」

ナタリアが聖女だと信じているユリウスは、それを疑うような言葉を許せなかった。

「滅相もございません、お許しを。ですが、昨日のあれは異常でした。そこに何かの意思を感じずにはいられないのです」

ユゼフは、ユリウスではなく、アレキサンデルに向かって言った。

「聞けば、新しい聖女様は、有力候補だったエルヴィラ様ではなかったとのこと。そのことに何か関係があるのでしょうか」

「うるさい！　黙れ」

「陛下、どうぞお言葉を！」

そう言われても、正直、なぜこんなことが起こるのか、アレキサンデルにも分からなかった。わざわざ視察に来たのも、この損害がどれほど国庫に影響を及ぼすか確かめておきたかっただけだった。

まあいい。今は、人々の気持ちを目の前の不安からそらすことが大事だ。

「皆の不安はもっともだ。一連の災害は、エルヴィラ公爵令嬢が聖女を騙《かた》ったことに対する天の怒りなのであろう」

「なんてことだ！　嘘つき令嬢め！」

「聖女を騙るとは恥知らずな」

人々の不安がエルヴィラに向かったことに気をよくしたアレキサンデルは、慈愛に満ちた表情で告げた。

「安心しろ。すでに、新聖女様がいらっしゃる。天に許しを請《こ》う意味でも、新聖女お披露目の儀を早急に執《と》り行おう」

「新聖女様！　よかった」

「新聖女様、万歳！」

「いつですか？」

最後まで、疑うように聞いてきたのは、ユゼフだった。

「近々だ」

そう言って立ち去るアレキサンデルを、人々はほっとした顔で見送った。

ユゼフ以外。

人々の話題は、新聖女のお披露目のことで持ちきりになった。

これで、大丈夫。これで、安心だ。そういうふうに。

2章　すでに一番のご褒美をいただいているようなものですから

皇后様とお茶会をした次の日、ルードルフ様にまだ若い神官様を紹介していただきました。

ルードルフ様が信頼できると仰っていた方です。

「初めまして、エリック・アッヘンバッハと申します」

「エルヴィラ・ヴォダ・ルストロと申します」

赤毛に、濃い茶色の瞳のエリック様は、とても人懐《ひとなつ》こい印象でした。ルードルフ様と同じ学校で学ばれたそうです。ルードルフ様がいつになくくつろいだ様子で仰いました。

「まだ若いのに、次の大神官になるという噂があるんだ、エリックは」

エリック様は、笑いながら首を振ります。

「おいおい、否定はしないが、まだ確定ではないよ、でも私以外は無理でしょうね」

「結局肯定してるじゃないか」

仲が良いことが分かるお2人の空気に、わたくしも緊張を解きました。

「このたびは、無理なお願いを聞いてくださって、ありがとうございます」

「全然無理じゃないですよ。『乙女の百合』の球根ですね。こちらへどうぞ」

案内してくださったのは、修道院の外れにある、風通しのいい倉庫でした。倉庫の向こうには、広々とした畑や畜舎らしきものも見えます。

「もしかして、これ、全部そうですの？」

中に入ると、『乙女の百合』の球根が、等間隔に綺麗《きれい》に並べられていました。

「来月の『乙女の百合祭り』のためにちょうど準備していたんですよ」

「それにしても、こんなにたくさん……」

エリック様はうっとりと球根の1つを手に取りました。

「ご存じの通り、我がゾマー帝国では、聖女は現れません。この球根も、黄色い花弁をつけるだけです。それでも『乙女の百合祭り』では、この百合が主役なんです。神殿に、これでもか、というくらい飾ります」

『乙女の百合祭り』は、その名の通り、聖女を祝う、ゾマー帝国のお祭りです。

「確か、こちらでは、子供たちが白い服を着て、紙で作った百合を持って行列するのだとか」

「さすが！　よくご存じで！」

「知識だけなのですが」

「それはもったいない！　ぜひ一緒に楽しみましょう。その日は音楽隊も出ますし、屋台も並びますし、みんな一日大騒ぎです。今年は本当の『乙女の百合』の花が見られるんだなあ。盛り上がってきましたね！」

「盛り上がっているのはお前だけだ。エルヴィラからもう少し離れろ」

ルードルフ様が顔をしかめても、エリック様は気にしていない様子です。

「ゾマー帝国の聖女様は恥ずかしがり屋なので、姿を現さないけれど、いつも見守ってくださるのです。でもこの日だけは聖女様も地上に降りて、こっそりお祭りに混ざっているのです」

わたくしは思わず微笑みました。

「みんなが聖女様の格好《かっこう》をしているから、分からないのですね」

「そうです！　次の日に、もしかしてあの方がそうだったんじゃないか、いやいや、あれは違う、などと話すのが、楽しいんですよ」

「素敵ですわ。ゾマー帝国の皆様の心の中には、確かに聖女様がいらっしゃるのですね……」

正直、うらやましく思いました。ですが、顔には出さないようにします。このあたりは王妃教育の賜物《たまもの》ですね。ルードルフ様が不思議そうに仰いました。

「トゥルク王国では、『乙女の百合祭り』のようなものはありませんよね。あってもよさそうなのに、不思議だな」

エリック様が、仕方ないなあ、とルードルフ様に仰いました。

「神学の講義をよくサボってたから、そんなことを言うんだ。よく聞け。その昔、地上は、どこもかしこも荒れた土地しかなかったことは知っているだろう?」

「創世の神話だ。それくらい知っているさ」

「民が必死で祈りを捧げ、哀れんだ天が地を豊かにした。ところが長い時間が過ぎると、人々は祈りを忘れてしまった。怒った天は、もう一度地を荒れさせた。人々は泣いて謝って祈ったが許してもらえなかった。だが、ただ1人、清らかな乙女が20日間飲まず食わずで祈った。天はその命と引き換えに地を豊かにした」

「その乙女が聖女だ!」

「そうだ。さらに天は、乙女の魂を慰めるために、白い花弁と青い花粉の花を咲かせる百合を与えた。百合は球根で増えたが、そのあとは誰が育てても、白い花弁と青い花粉は付けなかった」

「ここまでは、ゾマー帝国もトゥルク王国も共通した神話ですよね」

「ここで分岐したのか」

「そうだ。なぜなら、トゥルク王国では、ごくたまにとはいえ、『乙女の百合』が咲き、ゾマー帝国では咲かなかった。その違いだ」

「ですが、『乙女の百合』が咲かなくても、ゾマー帝国の皆様は、聖女様への信仰を持ち続けましたわ。わたくし、それが大変素晴らしいと思います」

「そうです！　姿を見せなくても、いつでも見守ってくれている。民はそう信じています」

一方で、とエリック様は続けます。

「トゥルク王国では、そう簡単に聖女信仰が根づいたわけではなかった」

「どうしてだ？　『乙女の百合』が咲くのに」

「さっきも言っただろう。毎年咲くわけじゃないんだ」

「白い花弁と青い花粉の百合は、60年に一度咲くかどうかと言われている。トゥルク王国は毎年、18歳になった女性から聖女候補者を募り、百合を育てさせるんだ。それが『聖女の儀』だ」

なるほど、とルードルフ様は頷きました。

「ちゃんと知らずに出席していたよ、恥ずかしい」

「外国の方は、あまり参加することはありませんもの」

エリック様が頷きます。

「私も参加したかったですよ。生身の聖女様が顕現《けんげん》されるトゥルク王国は、本当に特別なのですよ。自らその栄光を手放すなんて、馬鹿な奴らです」

「家のために、偽物を用意する娘たちも多く出たと聞いております。それもあって、アレキサンデル様は、すべてをただの伝説だと思ってらっしゃるのでしょう」

人々が祈りを忘れると天が怒ると聞いて、わたくしは小さい頃からずっと祈ってきました。

ですが、アレキサンデル様は、そんなことをしなくてもいい、トゥルク王国は栄えているんだから無駄だ、と仰っていました。

民の中にはまだ素朴な聖女信仰が生きていたのが、救いでした。お父様にお願いして、地方の小さな神殿でお祈りさせてもらったときは、そんな信心深い皆様とつかの間の交流を楽しんだものです。

「まあ、そんな王だから、平気で偽者を立てたりするんでしょうね。恐ろしい。『乙女の百合』まで咲かせた本物の聖女をないがしろにして、天がどう出るか、見ものです」

ルードルフ様も呟きます。

「神殿も問題だな。目に見えてご利益のある存在が現れると、自分たちの権威が失われると思ったんだろう。どんな後ろ暗いことをしているんだか」

ルードルフ様は、どこか冷たさを含んだ笑みを浮かべました。

「そのあたりのことは、私にすべてお任せください。あなたの名誉を傷つけた人たちに、死ぬほど後悔させてやります」

な、何をするのでしょう。わたくしが聞き返そうか迷っていますと、でもさ、とエリック様がのんびりと仰いました。

「話を聞く分には、そいつらが馬鹿だったから、ルードルフが婚約できたんだろ？　よかったんじゃない？」

ルードルフ様は首を振ります。

「その通りかもしれないが、エルヴィラを傷付けた奴らを許すわけにはいかない」

わたくしは大丈夫です、と言おうとしましたら、

「エルヴィラ！」

ルードルフ様は突然わたくしの手を握りました。わたくしは息が止まるほど驚きましたが、
ルードルフ様は真剣な顔で仰います。

「今回のことがなくても、エルヴィラが幸せでないと聞いたら、私はきっと飛んでいってお役に立とうとしたでしょう。ですから、いつでも頼りにしてください」

わたくしの心臓は早鐘のように鳴り、なんと答えていいか分かりません。

「俗っぽい話はやめてよ」

エリック様が面白くなさそうに呟きました。

◆◇◆◇◆

「またいつでもいらしてくださいね」

「ぜひ、伺わせてください」

修道院をあとにしたわたくしたちは、エリック様に分けていただいた『乙女の百合』の球根を、すぐに離宮の温室に運びました。


「エルヴィラ様、土と鉢はご用意しております」

庭師のベンヤミンがそう言います。

「そのほかに必要なものはございますか？」

わたくしの侍女として付いてくださる、クラッセン伯爵夫人も聞いてくださいます。わたくしは遠慮なく申し上げます。

「汚れてもいい服を何着かお願いできますか？　動きやすいように、余計な飾りがないものがいいですね」

クラッセン伯爵夫人は、お辞儀をしました。

「かしこまりました。あとでエルマに持ってこさせます」

「ルードルフ様」

わたくしはルードルフ様に感謝の気持ちを込めて申し上げました。

「本当にいろいろとありがとうございます。何かあれば報告いたしますので、ルードルフ様はどうぞお仕事にお戻りください」

「え」

「わたくしのためにずいぶんお時間を取らせてしまいました。申し訳ございません」

「いや、そんな謝ることは……」

ルードルフ様は、しかしまだ、でももう少し、などと呟いておりましたが、諦めたようにご自分の南宮にお戻りになりました。

そこから、温室に入り浸《びた》りになりました。百合の声が聞こえるようになるまで、百合に寄り添うのです。百合の声といっても、直接聞こえるわけではありません。植物の声なき声に耳を傾けて、球根のひとつひとつに、欲するものを与えると言った方が、分かりやすいでしょうか。

「ベンヤミン、もう少し、通気性のいい土をこの鉢にお願いできますか？」

「はい」

「ああ、こちらは、もう少し栄養が必要ですね」

少しでも意識を離すと、欲するものが分からなくなります。集中力と根気が必要なのですが。

「エルヴィラ様、芽が出てきました！」

反応があれば、やはり嬉しいものです。美しい緑の芽が土から出ました。

「聖女様、ありがとうございます」

わたくしは、この国にいらっしゃる恥ずかしがり屋の聖女様に向かって、お礼を申し上げました。

そこからはさらに順調でした。

気のせいか、トゥルク王国よりもこちらの百合の方が成長が早く、ひとつ、またひとつ、とつぼみを付けていきました。

「おめでとうございます！」

エルマたちがわたくしにそう言ってくれます。

「まだ喜ぶのは早いでしょう」

「いいえ、ここまでくればあとは咲くだけですよ」

「だとしたら、みんなのおかげですね。ありがとう」

「そのお礼こそ、まだ早いですよ」

わたくしたちは、微笑み合って、和やかな時間を過ごしました。


「そうか、つぼみが」

書類から顔を上げて、ルードルフはそう言った。腹心の部下であるフリッツ・ギーセンの報告は続く。

「次は護衛騎士のクリストフからですが」

ルードルフは眉だけ上げて先を促す。

「温室を破ろうとした賊を2名、それを命令した小悪党を3名捕まえたとのことです。現在、背後を調べています」

「よくやった、と伝えてくれ。どうせ、自分の家から皇太子妃を出したいと思っている貴族だろう」

「おそらく」

どこからかエルヴィラの存在を嗅《か》ぎつけて、邪魔をしようとしているのだ。

「警戒を怠るな。絶対にエルヴィラに危害が及ぶことのないようにしろ」

「はっ」

ルードルフはフリッツにそう命じた。

◆◇◆◇◆

「た、大変です！　陛下！　大変です！」

トゥルク王国の王の執務室に、ヤツェクが悲鳴を上げながら入ってきた。

「今度はなんだ……山崩れか？　川の氾濫か？　家畜の暴走か？」

アレキサンデルは書類から目を離さず聞いた。

「そのどれよりも大変です！」

「なんだと？」

ヤツェクは息を整えて、ようやく言った。

「ナタリア様がお世話していた『乙女の百合』が枯れました！」

◆◇◆◇◆

ナタリアは、自分のことを努力家だと思っていた。

平民出身なのに、もうすぐ王妃になること自体、努力の賜物だ。

母が死んですぐ、ズウォト男爵に引き取られたのは、運がよかったが、それ以外はすべて、努力の結果だ。

ズウォト男爵はナタリアの美貌を、成金の商人の後妻にすることで役立てようと思っていた。

ナタリアの父親より年上の、好色な男だ。

ナタリアは、それを知っても諦めなかった。そこから、いろんな舞踏会に精力的に参加した。自分を救ってくれる人を探すために。

だから、場末の仮面舞踏会で、いかにも貴族のお忍び、といった格好のアレキサンデルと知り合えたときは嬉しかった。

アレキサンデルは、自分のことを「貿易商の息子のアレックス」だと偽った。どう見ても貿易商の息子以上の育ちのよさなのに、隠し通せていると思っているアレキサンデルがかわいかった。

ナタリアはそれを信じる振りをして、何度か2人きりで会った。

そのうえで、ナタリアは「ただのアレックス」を本気で好きになったと、打ち明けた。

そして、自分は、成金の商人の後妻にされてしまう運命だから、ここでお別れしましょう、と泣いた。引き取ってくれた父を裏切ることはできない、と。

賭けだった。

しかし、勝算はあった。

王族としての自分をもて余していたアレキサンデルは、自分そのものを受け入れてくれた相手を、手放すことはできなかった。

結婚しよう、とアレキサンデルは言った。僕なら、君を助けることができる。そのためならなんでもしよう、と。

その言葉に嘘はなかった。アレキサンデルは、大神官に相談し、政略結婚の相手を追い出す算段を始めた。大神官がそんなこと協力するのに少し驚いたが、向こうには向こうの事情があるのだろう。ナタリアには関係ない、と思った。

初めは側妃で十分だと思っていた。しかし、

「どうせなら、側妃ではなく、正妃になりましょう」

と、ヘルマンニ・ハスキーヴィ伯爵とやらが、陰から申し出てきた。父も、神殿も、ナタリアも、それに乗った。できすぎる婚約者に不満を抱いていたアレキサンデルも。

生まれてからずっと公爵令嬢で聖女候補のお嬢様を追い出すことに、罪悪感はなかった。

だって、その方が、喜んでくれる。アレキサンデル様も、お父様も、大神官様も、ハスキーヴィ伯爵も。

だから。だから。

ナタリアは、こんなことで諦めるわけにはいかなかった。

「ナタリア！　百合が……」

ヤツェクの報告を聞いて飛び込んできたアレキサンデルは、無残に散った百合の花弁が散らばった鉢を見て、呆然《ぼうぜん》とした。

ナタリアは泣いた。

泣いて、アレキサンデルを見上げた。

「陛下……お願いがあります」

ナタリアがあとに引けないのなら、アレキサンデルだってそうなのだ。

「秘密を守れる、腕のいい細工師をご存じありませんか？」

「ナタリア……それは」

「……お披露目のときだけ、本物そっくりの百合で誤魔化しませんか？」

あまりにもストレートなナタリアの言葉に、アレキサンデルは何も言えなくなった。ナタリアは、そっと付け足す。

「このままでは、パトリック王子に、王位を奪われるかもしれません。ナタリア、陛下が頑張っているのを知っています。そんなの許せません」

パトリックの名前に、アレキサンデルの頬が引きつる。

「今だけ、です」

ナタリアは、涙をぽろぽろとこぼす。

「そうだな、今だけ……だ」

アレキサンデルは頷いて、ナタリアの涙を指で拭った。

枯れた百合は、王族だけが知っている隠し部屋のひとつに入れられた。ナタリアの部屋と、その隣の部屋の壁の中に、外からは分からない部屋があるのだ。

「メイドたちには、百合はしかるべきところに移動させた、とでも言っておこう。詳しく説明する必要はない」

アレキサンデルの言葉に、ナタリアは頷いた。


その日の夜遅く、ヤツェクはアレキサンデルに呼び出された。

「陛下、お呼びでしょうか」

アレキサンデルはソファーにナタリアと並んで座り、ワインを飲んでいた。だらしない姿勢のまま、ヤツェクに話しかける。

「ヤツェク、お前、言っていたな？　王都の外れの宝飾屋に、腕のいい職人がいると」

はい、とヤツェクは頷いた。

「ノヴィの店のアドリアン爺さんのことですね。変わり者ですが、腕は王都一だとの噂です。家に出入りする宝石商が言っていました」

「酒は飲むか？」

「申し訳ありません。そこまでは」

アレキサンデルは、さらりと言った。

「酒を飲むなら、酔わせて、美味い話があると言って連れてこい。こちらの身分は知らせずにだ」

ヤツェクは、嫌な汗をかいた。

職人を呼ぶのに、なぜ、酒に酔わせなければならない？

必死で言葉を探した。

「ア、アドリアン爺さんは、気分が乗らなければ仕事をしないとのことです。こちらの身分を言わなければ、断るかもしれません」

「だったら家族を脅してでも、連れてこい。家族がいなければ本人を痛めつけろ。作業に差し支えない程度でな」

「陛下……」

ヤツェクは、握る手に力を込めて聞いた。

「何を、なさるおつもりですか？」

アレキサンデルは答えずに、手に持っていたグラスをぐい、と傾けた。代わりにナタリアが口を開いた。

「ヤツェク……お願い」

ナタリアはポロポロと大粒の涙をこぼし、ヤツェクを見上げる。

「あなたしか頼れる人はいないの」

ナタリアの美貌が、今日はなんだか突き刺すように見えた。

「ですが、そんな、まさか」

恐れるヤツェクに、アレキサンデルは、ボソッと言った。

「そろそろ、お前を宰相にしよう」

ヤツェクは目を見開いた。ヤツェクが存在感を発揮してきたとはいえ、この国の宰相は、前国王陛下のときのまま、我が父だ。

それを突然、自分に？

アレキサンデルは、淡々と告げる。

「お前の父親には退いてもらう。年齢からすると大抜擢だが、お前ならいけるだろう」

「あ、ありがとうございます……」

ヤツェクは震える声で答えた。胸の奥の底に、暗い喜びが湧き上がるのを感じた。怒鳴ってばかりの父を、ついに追い越せるのだ。

「しかしそれも、ナタリアと私の結婚が確定しているからこその話だ。そのためには、どうしてもその男を極秘で連れて来なくてはならない」

アレキサンデルの言葉に、ヤツェクは、さっ、と膝を折った。

宝飾職人がなぜ王の結婚に関係するのか、そんなことは踏み込まなくていい。

「お任せください。すぐにでもアドリアンの奴を連れてきましょう」

自分は、なすべきことをすればいい。

「頼りにしてるぞ」

アレキサンデルがグラスを揺らした。

◆◇◆◇◆

ゾマー帝国の宮殿では、予定を早めて視察から戻った皇帝を、皇后がいたわっていた。

「ご無事で何よりです」

「なぜ視察がこんなに早く終わったと思う？」

干ばつがひどい南の地方に視察に行った皇帝は、本来ならまだまだ帰るはずではなかった。

それが早まったということは……皇后は微笑んだ。

「陛下が才覚を発揮したからでしょう？」

「それが、私は何もしてないんだ」

「といいますと？」

「そのままだよ。何もしてないのに、干ばつが解消した」

「そんなことがありますか？」

皇帝は窓の外に目を向けた。

「それがあるんだ」

気持ちのいい青空が広がっている。

「私が到着した途端、干からびた湖に水が戻り、新しい泉ができたんだ。民は泣いてお礼を言っていたが、さて、これは私の手腕なのだろうか？」

「陛下、それはもしかして……」

皇帝は頷いた。

「天が歓迎しているのだろう、我が帝国に来てくださった聖女様を」

青空は、どこまでも広がっていた。

◆◇◆◇◆

クラッセン伯爵夫人が、わたくしの目の前に湯気の立つ茶器を置いてくださいました。

「エルヴィラ様、お茶をお淹れしました」

それを手にしたわたくしは、ふわっと広がる香りに思わず微笑みました。クラッセン伯爵夫人も頷きます。

「皇后様のお気に入りの茶葉です」

「さすが、違いますね」

百合がつぼみを付けたことを祝って、皇后様が茶葉を贈ってくださったのです。

「美味しいわ」

クラッセン伯爵夫人が、心配そうな顔で言いました。

「皇后様も体を休めるようにと仰っていましたし、どうぞご無理なさらないでください」

「そうです！　エルヴィラ様！」

エルマも一緒に心配してくれましたが、そういうわけにはいきません。

「百合が咲くまでのことですし、大丈夫です」

「ですが……」

わたくしは茶器を置いて微笑みます。

「本当に、わたくしの周りはいい方ばかり。他国から来たわたくしにとって、こんなに心強いことはありません」

　他国で婚約破棄された公爵令嬢に仕えることに、抵抗があった人もいたでしょう。それなのに、皆、心を込めて尽くしてくれているのです。クラッセン伯爵夫人は微笑みました。

「わたくしたちはエルヴィラ様にお仕えできて、ありがたく思っておりますわ」

「そうです！　南の地方の干ばつが解消されたのも、エルヴィラ様のおかげでしょう？　聖女様にお仕えできるなんて、エルマはとても幸せです！」

　視察先の干ばつが解消したとは、皇后様から直々に伺っておりました。ですが。

「わたくしは何もしておりません。民の祈りが届いたのでしょう」

「エルヴィラ様……」

　クラッセン伯爵夫人が小さく呟きました。と、そこへ。

「あ、もしかして！」

　エルマが、突然叫びました。

「民の祈りもあるでしょうけど、もしかして、これ、皇帝陛下に対する天のご褒美《ほうび》じゃないでしょうか？」

「ご褒美？」

「エルヴィラ様をお迎えした皇帝陛下に、天がよくやった！　とご褒美をくださったんですよ。

だから陛下の視察先で、奇跡が起こったんです。だからつまりやっぱり、エルヴィラ様のおかげなんです。エルマはエルヴィラ様が帝国に来てくださって本当に嬉しいです」

クラッセン伯爵夫人も頷きます。

「そうですね……わたくしも同感ですわ。でもエルマ、もう少し小さな声で話しなさい」

「はいっ。すみません！」

クラッセン伯爵夫人とエルマが頷き合います。わたくしがなんと言っていいか悩んでいると、エルマはさらに、ハッとした顔をしました。

「でもちょっと、おかしいです。それだと、一番ご褒美をもらえるのは皇太子殿下のはずですよね？　皇太子殿下がエルヴィラ様を連れてきてくださったのに」

「ああ、それでしたら」

クラッセン伯爵夫人が、わたくしを見つめ、にこやかに言いました。

「すでに一番のご褒美をいただいているようなものですから、よろしいのでは」

「え……？　あ、そうですね！　エルマもそう思います！」

わたくしは、なんと答えていいかもっと分からなくなって、顔を赤らめながらお茶を飲み干しました。

お茶をいただいたあとは、いつも通り温室に向かいました。ベンヤミンたちも一生懸命、世話をしてくれています。

「変わりはないですか？」

「はい、エルヴィラ様。どの百合も元気です。早く、皇太子殿下に見ていただきたいですな」

「ええ」

皇帝陛下がお戻りになられたことで、ルードルフ様はさらにお忙しいご様子でした。こちらの様子を気遣う手紙はいただいておりましたが、お顔を合わせることはなかなかありません。

もちろん、百合のことは報告しておりました。ですが、実物を見たルードルフ様が、どんなに驚いて、どんなに喜んだお顔をするだろうかと考えると、お見せしたい気持ちがどうしても高まります。

ほっとしたのでしょうか、わたくしは不意に昔のことを思い出してしまいました。

「どうかしましたか？」

わたくしが黙ったので、ベンヤミンが心配そうな声をかけてくれます。いけませんね。

「なんでもありません。向こうの百合を見てきますので、こちら側をお願いしますね」

「分かりました」

百合の間を歩きながら、わたくしはトゥルク王国のことを思い返しておりました。

あの頃のわたくしは、今と同じように『乙女の百合』を育てながら、これが咲けば、アレキサンデル様はわたくしに久しぶりに笑顔を向けてくれるだろうか、と思っていたのです。

「愚かですね……」

誰にも聞こえないように、そっと呟きました。百合は、つぼみを膨らませて揺れています。

つぼみと目線を合わせるように、わたくしは座り込みました。

「ここまで、育ってくれてありがとう」

と、温室の入り口から賑やかな声が聞こえました。

「エルヴィラ！」

「まあ！」

お忙しいはずのルードルフ様が、そこにおりました。

ルードルフ様は、颯爽《さっそう》とした足取りでこちらに向かい、屈託《くったく》なく笑います。わたくしは立ち上がってご挨拶しました。ルードルフ様の微笑みがさらに広がります。

「ああ、これは見事ですね。咲くのが待ち遠しい！」

いくつもの百合が、つぼみを付けて揺れています。わたくしの隣に並んだルードルフ様は、それらを見渡しました。

「なかなか伺えなくてすみません。何か不自由なことはありませんか？」

わたくしは手伝ってくれている方たちの顔を思い浮かべながら、答えます。

「いいえ、こちらは大丈夫ですわ。皆さんとてもよくしてくださっています」

ルードルフ様は、一瞬、目を丸くしました。

「どうされました？」

「いえ……そんな顔もされるのだと見惚《みと》れていました」

わたくしは思わず横を向いてしまいました。

「嫌ですわ、どんな顔をしていたのでしょう？」

顔が赤くなるのを抑えます。ルードルフ様が、慌てたように仰いました。

「あ、いえ、いつもの素敵なエルヴィラですよ。ただ、トゥルク王国でお見かけするときは、もっと硬い表情が多かった気がしましたので、さっきは、溌剌《はつらつ》とした表情が新鮮でした」

「確かに……」

わたくしは再び、ルードルフ様と向き合いました。

「あの頃のわたくしは、表情も感情も動かさないようにしていたかもしれません」

それも、必要以上に。

それが余計にわたくしとアレキサンデル様の間の溝を深めていたことは分かっておりました

が、もう、それくらいしか、わたくしは自分を守る術を持てなかったのです。

「馬鹿王のせいですね」

耳を疑ったわたくしに、失礼、と言い添えます。

「百合だけしか聞いていないということで、お許しください」

百合は変わらずに揺れております。ルードルフ様は、明るい声を出しました。

「エリックと相談したのですが、百合が咲いたらすぐにでも『乙女の百合祭り』を行いたいと思います。よろしいですか？」

「そんなことができるのですか？」

「『乙女の百合』と聖女様が主役なんですよ？　それに日程を合わせるのは当然です」

「……トゥルク王国では、神殿が一度決めたことを変更するのは大変でした」

聖女候補でないときからわたくしは、民のために祈りたいので、神殿でそのような場を設けていただけないかとお願い申し上げていたのですが、何かにつけて、決まりだから、と聞いてはいただけませんでした。仕方がないので、神殿は関係なく、ただの公爵令嬢として各地に赴き、祈りを捧げていたのです。ルードルフ様は、少し難しい顔になりました。

「権威主義というより、立ち入られたくないことでもありそうですね。そちらの国の神殿の内情を、一度調べてみたいものです」

立ち入られたくないこと?

わたくしが考えておりますと、ルードルフ様が言いにくそうに付け足します。

「それで、『乙女の百合祭り』が終わってから、その……そろそろ結婚式を行ってもよろしいでしょうか。準備はこちらですべて整えておきます」

「あ……はい。ありがとうございます」

結婚式。分かっていましたのに、あらためてお聞きすると、なぜか緊張いたします。ルードルフ様も、心なしか早口で続けます。

「キエヌ公国にいらっしゃる、ルストロ公爵と公爵夫人も結婚式に参加してくださいます。おそらくリシャルド様も」

「お父様、お母様、お兄様も?!」

思わず、声が弾みました。

「ありがとうございます、ルードルフ様」

「お礼を言われるようなことはしていませんよ」

そんなことはないでしょう。わたくしは、微笑みました。

「ああ、そうだ」

思い出したように、ルードルフ様は付け足しました。

「ナタリア様が聖女として、民にお披露目をしたそうです。結婚式ももうすぐだそうで」

予想していたので、わたしは驚きませんでしたが。

「思ったより遅いのですね」

わたくしを追い出したときの勢いから、すぐにでも結婚されると思っていましたので、少しだけ意外でした。

「どうも自然災害が多くて止まっていたみたいです」

「自然災害？」

わたくしは、思わずルードルフ様に近付きました。

「詳しく教えていただけませんか？」

◆◇◆◇◆

トゥルク王国は、聖女ナタリア様のお披露目の話題で持ちきりだった。女も、男も、顔を合わせればその話だ。

「チラッとしか見えなかったけど、ドレス、とっても綺麗だった。燃えるような赤！」

「宝石もすごかったよ。あんなに遠かったのに、ネックレスはバッチリ見えた。実物はどれほど大きいんだろうね。高いだろうな」

しかし、不満を持つものも多かった。

「見たか？」

「見えねーよ、お前は？」

「俺もだ。なんだって聖女様は、あんなに遠くでお披露目したんだ？」

聖女に限らず、民に何かをお披露目をする場合、通常は宮殿のバルコニーでしっかりと顔を見せてから、広場や王都の中をきらびやかな馬車で移動し、神殿、または宮殿に戻る、というコースをとる。なのに今回は、宮殿の外れの塔の上から、聖女ナタリアが手を振るだけだった。

「以前の聖女様は、ちゃんと馬車で移動して、顔を見せてくれたそうだぜ。百合の花粉まで見たって、ばあちゃんが言ってたぞ」

「貴族たちには神殿でしっかりお披露目したんだろ？」

「ガッカリだな、貴族のことしか考えてないのか」

そこに、ひとりの男が会話に入った。

「誰か『乙女の百合』をちゃんと見たものはいるか？」

ユゼフだった。話しかけられた男たちは、思い出すように首をひねる。

「手に持っていたあれがそうなんだろうけど、何しろ遠かったからなあ」

「だけど、太陽の光を浴びて、花弁がキラキラしていたのは分かった。やっぱり、普通の百合じゃなかったな」

そうか、とユゼフは考え込んだ。そして。

「もう1つ、聞いていいかい？　王都で腕のいい細工職人と言えば誰だろう？　仕事を頼みたいんだが」

「どんな細工だい？」

「繊細な細工だ。宝飾職人やガラス職人、細工師なんかで、腕のいい奴はいないかい？」

男たちは顔を見合わせていたが、やがてひとりが言った。

「それならノヴィの店のアドリアン爺さんだな。王都の外れにあるよ」

ユゼフは礼を言って、ノヴィの店に向かった。

◆◇◆◇◆

そして、その少しあと。

ゾマー帝国では、ベンヤミンが珍しく興奮してエルヴィラを呼んでいた。

「エルヴィラ様！　エルヴィラ様！　早くこちらへ！」

エルヴィラが温室に駆けつけると、それはそこにあった。

「おめでとうございます!!」

エルヴィラの育てた『乙女の百合』のつぼみが、初めて開いたのだ。

ベンヤミンが嬉しそうにお辞儀をした。

「輝くような白い花弁に、青い花粉！　紛れもない『乙女の百合』です！」

『乙女の百合』が咲いたというニュースは、しかるべき人たちのところに、すぐ知らされました。ルードルフ様はもちろん、皇后様や皇帝陛下までが温室に足を運んでくださいます。

「これが……『乙女の百合』か」

「なんて美しいの……」

皇后様と皇帝陛下が頷き合いました。

『乙女の百合』は、普通の百合よりも二回り以上大きな花弁を広げ、中央に、吸い込まれるような不思議な青色の花粉を見せています。今回は３つ、花を咲かせておりますが、これからも花開きそうなつぼみがまだあちこちにあります。

「白い花弁だと聞いていたけど、ただ白いだけじゃないのね。それ自体が発光しているかのような輝きだわ」

「うむ、花粉も本当に青い。こんな花は見たことがない」

皇后様が、わたくしの手を取って仰います。

「エルヴィラさん！　あなたが聖女だってこと、これではっきりしたわ。証明してくれてありがとう」

皇帝陛下も、隣で仰います。

「私からも礼を言う。よく咲かせてくれた」

「そんな、もったいないお言葉です」

わたくしは本心からそう申し上げました。元はといえば、わたくしの方からお願いして育てた百合です。まさか、こんなに数多く咲いてくれるとは思っていませんでしたが。皇后様は興奮した様子で仰います。

「そうだわ、今度から私のことは、クラウディアと呼んでちょうだい」

「そうだな、その方が親しみを感じる」

「……ありがとうございます。光栄です」

ルードルフ様が、割って入ってくださいました。

「父上も母上も、もうよいでしょう。百合を育てるのに、連日温室に籠《こも》りきりで、エルヴィラは疲れているのです」

ルードルフ様のその言葉で、わたくしは少し休むことになりました。

クラウディア様と皇帝陛下が、もったいないことに名残《なごり》惜しそうにしてくださいました。

離宮まで送ってくださったルードルフ様を、わたくしはお茶に誘いました。

「疲れているのではないのですか？」

ルードルフ様は気遣ってくださいましたが、わたくしは本心から申し上げました。

「心地よい疲れです。クラウディア様にいただいた茶葉がありますし、ぜひ」

「それではお言葉に甘えて」

支度が整うと、エルマもクラッセン伯爵夫人も席を外しました。

「いよいよ、祭りに結婚式です。できる限り無理をせず、体を休めてください」

ルードルフ様の気遣いに、わたくしは微笑みを浮かべます。

「やっと花が咲いたのです。張り切りますわ」

皇太子妃として、これからが忙しくなるはずです。わたくしは正直な気持ちのつもりで、そう申し上げましたが、ルードルフ様は、困ったような顔をされました。

「何か気がかりがあるのですね？」

「いえ、そんな……」

「エルヴィラ」

茶器を置いて、まっすぐにわたくしを見つめます。

「あのバ……いえ、アレキサンデル王が気が付かないからといって、私も同じだと思わないでください。私はあなたの些細な表情の変化も、見逃さないでいたいと思っています。そこにあなたの本心があるなら」

なんと答えていいか分からず、わたくしは黙ってしまいました。すると、驚いたことにルードルフ様は、わたくしに謝罪したのです。

「申し訳ありません。私のせいです」

わたくしは慌てて否定しました。

「なにひとつ、ルードルフ様のせいではありませんわ！」

「私がトゥルク王国に自然災害が多いと言ってしまったことが、あなたの表情に影を落としている。百合が咲いても、心のどこかで気にしている。そうでしょう」

わたくしは、ただルードルフ様を見つめていました。

「エルヴィラ、皇太子と皇太子妃である前に、私はあなたとなんでも話せる仲になりたい。皇太子妃の仮面は、私の前では外してほしいのです」

皇太子妃の仮面。わたくしがそれをかぶっていることを、ルードルフ様は見破っていました。

「ルードルフ様のお気持ちは、とてもありがたく存じます……」

ですが、わたくしはそう申し上げるのが精いっぱいでした。なぜなら、どこまでがわたくし自身で、どこまでが求められた役割なのか、わたくしには区別がつかないからです。求められた役割に応えることこそが、わたくしの使命だと、そんなふうに思っていました。ルードルフ様だって、分かっておられるはずです。ルードルフ様は、小さく頷きました。

「すまない。また、困らせてしまった……もちろん私とて、皇太子の仮面をかぶることはあります。ですがあなたは必要以上に、自分の気持ちを押し殺してきたのではないかと思うのです。あの馬鹿王のせいで」

「ルードルフ様」

「失礼。でもこれが私の正直な気持ちです。ルストロ公爵家に招待されて、何度かあなたとお会いする機会がありましたよね？　あなたは今と変わらず理知的でしたが、そんなふうに、悲しみをたたえた瞳はしていなかった。エルヴィラ、悲しみがあるなら胸のうちを打ち明けてください。２人で考えましょう」

「２人で……」

そんなふうに言われたことはありませんでした。わたくしはいつも、１人で考え、１人で解決してきたのです。王妃候補として、皇太子妃候補としては、それが当然だと思います。ですが、目の前のルードルフ様が、信念を持ってそう仰ってくださったことは痛いほど感じます。

わたくしは思い切って、口を開きました。

「言っても仕方のないことを、言ってしまいますが、よろしいですか？」

声が、かすれました。ルードルフ様は、黙って頷いてくださいます。

「……トゥルク王国が、気になるのです」

ルードルフ様のお顔を見ることができず、窓の外に目を向けました。

「こんなふうに思うのは、思い上がりだと、何回も自分で打ち消しました」

中庭の緑と、青い空が広がっています。

わたくしはそこに、トゥルク王国の景色を重ねます。

「ですが、ルードルフ様が教えてくださった、北の山の頂が崩れたこと、それは人々の、聖女の祈りが届かなかったときに、真っ先に崩れると言われていたところです。そう考えると、港の船が沈むのも、湖が干上がるのも、祈りが届かなかったからかもしれません」

わたくしの声は、小さくなりました。

「……わたくしは、それがわたくしのせいだと、思っているのです。そんなわけはない、ただの偶然だ。わたくしがあの国を離れたせいだなんて、思い上がりも甚《はなは》だしいと、何度も自分に言い聞かせました」

だってわたくしは、あの国で聖女だと認められなかったのですから。あの国で咲かせた百合も、手放してしまいました。ナタリア様はきちんと手入れをしてくださっているでしょうか。

ルードルフ様は、落ち着いた声で仰いました。

「ああ、エルヴィラ。そうだね、君ならそう思うかもしれない。責任を感じているんだ」

「はい……確かめようのないことですし、関係ないかもしれません。それに、何より、追い出された国のことを心配するなんて、わたくしを受け入れてくださった帝国の方々に失礼です。

それは、十分承知しております」

ルードルフ様だけではありません。クラウディア様、皇帝陛下、クラッセン伯爵夫人、エルマ、ベンヤミン、エリック様……いろんな人たちがわたくしを受け入れ、親切にしてくださっております。

「あの百合は、この国だから咲いたのです。それはよく分かっているのです」

それなのに、こんなことを考えるなんて、恩知らずだと思われても仕方ないと、わたくしは覚悟して、ルードルフ様の顔を見ました。ですが。

「エルヴィラ、ありがとう……」

ルードルフ様は、そう仰って、わたくしの手を取りました。

「あの……!?」

思わず、驚いた声を出してしまいましたが、ルードルフ様は手を離しません。

「気持ちを聞けてほっとした……なんでもございません、とか言われたらどうしようかと」

「そうなの、ですか？」

わたくしとしては、なんでもない、と答えるのが正解だと思っていましたので、意外に思いました。

「あなたは間違いなく聖女です。エリックをはじめ、我が国の神殿もそう言うでしょう」

だからこそ、とルードルフ様は難しい顔をなさいます。

「あなたを、トゥルク王国に返すわけにはいかないのです」

しかし、とルードルフ様は仰いました。

「だったら、客人として向かうのはどうでしょうか」

「客人？」

「ゾマー帝国の皇太子妃として、トゥルク王国を正式に訪れるのです。もちろん、私も一緒に」

3章　聖女に対する、そもそもの価値観が違うのでしょう

「反対です！」

ゾマー帝国のルードルフの執務室では、そんな声が響いていた。ルードルフの側近のフリッツ・ギーセンだった。

「ルードルフ様とエルヴィラ様がトゥルク王国を訪問するなんて、あり得ません」

「また、キッパリ言うな」

豪華な椅子に座ったルードルフは、執務机を挟んでフリッツを見上げる。

「回りくどく言っても殿下には通じないでしょう？　まずは護衛の手間を考えてください。エルヴィラ様は、あの国では命を狙われまくっているんですよね。こちらに来るときは、まだ秘密裏に行ったのでなんとかなりましたが、今回は違います」

それに、とフリッツは付け足した。

「皇后陛下と皇帝陛下は了解するでしょうか」

「それは私がなんとかする。というか、すべての問題は私がなんとかする。フリッツはその助けになってほしい」

「……またルードルフ様は、そういう……」

ルードルフは、昔馴染みにしか見せない笑顔で、フリッツを見る。

「できるだろ？」

「そりゃ、できなくはないですが、ただでさえ、『乙女の百合祭り』と、結婚式の準備で慌ただしいのに……」

「悪いな。一緒に守ってくれ。我が妻を」

「まだ妻じゃないでしょう」

「あと少しだ。待ち遠しいな」

「私の前だからって素直になるのやめてください。なんでも素直に言えば、私が協力すると思っていますよね？」

「帝国広しといえども、私が頼れる奴はそういない。フリッツはその数少ないひとりだ」

「ぐっ……もう！　分かりましたよ！　分かりました！　予算は使わせてもらいますよ」

「ああ、それは大丈夫だ。私の婚約者ということを置いて考えても、聖女を大切にしないなど、あり得ない。できる限りの希望は叶《かな》えるべきだ」

「聖女様だから、余計に心配なんですよ……万一怪我でもしたら」

「ああ、それはそうだな。特にものの分かってない奴らが相手だから」

フリッツは、小さく息を吐いた。

「ルードルフ様、今、心の中で、トゥルク王国のアレキサンデル王のことを馬鹿にしたでしょう？　顔に出ていました」

「む、気を付けよう。さすがに本人の前だと、付け入る隙を与えることになるからな」

「そうですよ」

「だがまあ、顔は取り繕っても、本心は変わらないけどな。聖女を粗末にするなんて、何を考えているんだろう」

「聖女に対する、そもそもの価値観が違うのでしょう」

「恐ろしいものだな……まあ、私にとっては、本当に一生に一度あるかないかの僥倖《ぎょうこう》だったが。

婚約破棄を告げられたエルヴィラは気丈さを装っていたが、その細い肩がわずかに震えていて、それを見た私は思わず」

「そこから先のお話は、さんざん伺っていますので、割愛してください」

「冷たいな」

「時間が惜しいんです。警護の計画を立てなくてはならないので」

ルードルフは満面の笑みで、腹心の部下を見た。

「よろしく頼む」

◆◇◆◇◆

「どこを探してもいません。もしかして国外に逃亡しているのではないでしょうか」

トゥルク王国では、引き続き、エルヴィラの行方に関する報告が行われていた。アレキサンデルは憂鬱《ゆううつ》そうに頭を抱える。

「やはりそうか」

「はい」

頷いたのはロベルト・コズウォフスキ。大神官の甥だ。宰相になることが決まったヤツェクが多忙なので、エルヴィラの捜索を引き継いだ。愛想のない男だったが、アレキサンデルは不思議と嫌いではなかった。ため息をついて本音めいたものを漏らした。

「エルヴィラが見つからないと、王妃の業務に支障を来《きた》す。ナタリアがエルヴィラに追いついてくれたらいいんだが」

「無理じゃないですか」

ロベルトはあっさり言った。

「庶民出身のナタリア様では、小さい頃から王妃教育されてきたエルヴィラ様と同じようにはいきませんよ」

アレキサンデルは渋い顔をした。分かっていても、言葉にされると嫌なものだ。ロベルトは気にせず、そうだ、と続けた。

「いっそ、別の優秀な貴族の娘を連れてきて、新しい側妃にしてはどうです？　その方が早いと思いますが」

「別の……側妃？」

「お望みなら、そちらを探しましょうか？　エルヴィラ様を探すより早いですよ」

アレキサンデルはすぐには何も言えなかった。


「あんた、また来てたのか」

トゥルク王国の王都の外れのノヴィの店に立っているユゼフに、隣の鍛治職人の男が声をかけた。

「王都に用事があったからな。ついでだ」

「爺さん、戻ってこねぇな。あんたも仕事を頼みたいのに気の毒だな」

「ああ」

ノヴィの店は、ここのところずっと閉まったままだった。ユゼフは言う。

「割のいい仕事が入ったから少し留守にする、と爺さんが言ってたのは、聖女ナタリア様のお披露目の少し前だったんだよな？」

「そうだ。孫の結婚費用の足しになるからって喜んでたのにな。帰りに事故にでもあったのかな。無事ならいいんだが」

「本当に」

ユゼフは、暗い目でノヴィの店を見た。

「無事でいてほしいな」

◆◇◆◇◆

ゾマー帝国で、いよいよ『乙女の百合祭り』が始まりました。

その日は朝から快晴でした。聖女として認められるために、わたくしは、純白に塗り上げられた馬車に乗って、宮殿から神殿へと向かっています。

「すごい人ですわ……」

街道沿いには、大勢の人が集まり、騎士たちが必死に警護してくださっていました。想像以上のスケールに、わたくしは思わず感嘆の声を上げます。ルードルフ様が隣で頷きます。

「『乙女の百合祭り』と、聖女のお披露目が同時に行われるなんて、滅多にないからね。みんな、一目だけでもエルヴィラを見たいんだ」

「エルヴィラ様！」

「聖女様!!」

暖かい声に、わたくしは控えめに手を振り返しました。さらに歓声があがります。

「騒がしくて驚いたんじゃないか？」

ルードルフ様が仰います。いいえ、とわたくしは目線を街道の皆様から外さずに答えました。歓声が一層大きくなりました。

「わたくしはこちらの方が好きです」

ガラガラと、車輪の音が石畳に響きます。わたくしとルードルフ様の会話は、皆様には聞こえていないでしょう。ですが。

「聖女様っ！」

「エルヴィラ様！　お綺麗ですー！」

「お幸せにー！」

皆様の声は、こちらにはっきりと聞こえてくるのです。どれほどの大声で、伝えてくれてい

るのかと思うと、それだけで胸がいっぱいになります。

「お祭りには絶対あれを持ってるんだ」

皆様、手に造花を持ち、それを高く掲げています。

「お話には聞いていましたが、小さな子供まで持っていて、本当にかわいらしいですわ。それに、聖女のような白い服も」

「ああ、どちらも『乙女の百合祭り』の必需品だよ。だが、エルヴィラのそれには敵わない」

わたくしの手には、もちろん、本物の『乙女の百合』が丁寧《ていねい》に束になっています。予想以上にたくさん咲いてくれましたので、残りは神殿に運ばれていました。今日のわたくしの服装は、飾りのない、白いドレスです。ドレスの色に合わせた大粒の真珠のネックレスとイヤリングを、今日のためにルードルフ様が贈ってくださり、それも身に付けています。

「今日のエルヴィラも、本当に美しいよ」

始終、この調子で褒めっぱなしですので、わたくしは恥ずかしさで外ばかり見てしまいます。

ただ、それはそれで。

「なんて美しい！」

「皇太子様が、長い間恋い焦がれるはずだ」

おやさしい皆様のそんな声が耳に入り、わたくしは赤面しないように必死でした。

「みんな、喜んでいる。本当に嬉しそうだ」

「嬉しいのはわたくしの方です」

本心から、そう申し上げました。


人々の姿も少なくなり、馬車はいよいよ神殿へと到着しました。

入り口で、２人の修道士たちが揃ってお辞儀をしました。ルードルフ様とはそこで別れ、大きな扉の前に、わたくしは1人で佇《たたず》みます。見事に咲き誇った『乙女の百合』を手にして。

「エルヴィラ・ヴォダ・ルストロ様、ご入場です」

扉が開く、重い音が響きます。


ゾマー帝国の神殿は、トゥルク王国のそれと違い、外にも中にもたくさんの柱が建てられています。わたくしは淡々と進みました。

「ようこそ」

祭壇の前には、若き神官、エリック・アッヘンバッハ様が立っておられます。体調の優れない大神官様の代わりに、エリック様が今日の儀式を執り行ってくださることになっています。

皇帝陛下とクラウディア様、そして、ルードルフ様の姿も見えます。少し離れたところには、護衛騎士のクリストフが。騎士団長のハルツェン・バーレ様をはじめ、騎士団の皆様には、ずいぶんと無理をさせたことでしょう。

今日のこの日関わってくださったすべての皆様に感謝しながら、わたくしはエリック様に近付きました。

「こちらへ」

エリック様の合図で、わたくしは立ち止まりました。手伝いの修道士が、聖水の入った平たい器の載った盆を持ってきます。

「『乙女の百合』をここに」

わたくしは手にしていた『乙女の百合』の花束を、聖水の入った器にそっと入れました。

「おお……」

周りから驚きの声が上がります。

『乙女の百合』はさらに白い花弁を輝かせ、青い花粉をきらめかせました。艶やかな匂いが一層強くなり、立ち並ぶ貴族たちの間からさらにため息がもれました。エリック様は頷きます。

「聖水に入れてもなお増す輝き……伝承通りです」

エリック様は、わたくしをまっすぐ見つめました。

「ゾマー帝国の神殿は、『乙女の百合』を咲かせたエルヴィラ・ヴォダ・ルストロを、聖女と認定する。エルヴィラ・ヴォダ・ルストロ。汝、聖女であることを、この世界すべてに誓いますか？」

わたくしは頭を垂れて誓いました。

「はい、誓います」

「本当に、よく、この国に来てくださいました」

鼻声に気付いて顔を上げると、エリック様が、涙ぐんでおられました。わたくしも思わず胸を熱くして、お辞儀を返します。

打ち合わせにない拍手が聞こえてきたと思ったら、クラウディア様でした。あとを追うように、皇帝陛下や、ルードルフ様、そしてほかの貴族たちが拍手をしてくださいます。わたくしは感激の涙を堪えながら、一礼し、『乙女の百合』を祭壇に捧げました。エリック様が最後の言葉を告げます。

「この儀式に異議があるものは、今のうちに申し出よ。なければ、これで聖女の儀を終える」

沈黙だけが広がります。打ち合わせのときから、この問いかけは形式だけのものなので、誰も何も言わないだろうと言われていました。あとは退出するだけです。ドレスの裾《すそ》をひるがえし、わたくしは来た道を戻りかけます。と、そのときです。

「あの……異議があります」

細く、通る声が、どこからか響きました。あたりがざわつきます。声を上げたのは可憐な令嬢でした。

「ローゼマリー・ゴルトベルク伯爵令嬢、どうしましたか」

エリック様が穏やかに問いかけます。

「異議があるんです……構いませんか？」

「どうぞ、仰ってください。異議がないか聞いたのはこちらです」

落ち着いた深い緑色のドレスを着たローゼマリー様は、丁寧な口調で仰います。

「ローゼマリー・ゴルトベルクと申します。まずは、エルヴィラ・ヴォダ・ルストロ様が聖女様に認定されましたことを、お祝い申し上げます」

「ローゼマリー?!　お前何を？」

ご家族でしょうか、慌てた様子の男性をエリック様が制します。

「ゴルトベルク伯爵、いかなる者も、異義を退けることはできません。ローゼマリー様は異議を申し立てる権利があります」

ローゼマリー様はわたくしを見つめて仰いました。

「エルヴィラ様は、元はトゥルク王国の王妃になる予定だったと伺っております」

あら、とわたくしは思いました。周りの貴族も戸惑っている様子です。そこに言及するということは、わたくしを皇太子妃に選んだルードルフ様や、クラウディア様、皇帝陛下に対する不敬になる可能性もあります。

　事実、ルードルフ様のものでしょうか、剣呑《けんのん》な気配を背中に感じたわたくしは、しゃんと伸ばした背筋を見せることでそれを制さなくてはなりませんでした。

　ですが、この方の仰ることに間違いはありません。

「エリック様」

　わたくしはゆっくりと申し上げました。

「僭越《せんえつ》ながら、わたくしがお答えしてよろしいでしょうか」

「では、お願いします」

　ゴルトベルク伯爵が倒れそうになっています。

「ローゼマリー様の仰る通りです。わたくしはトゥルク王国の王妃になるために幼い頃から教育を受けてきましたが、その約束が反故《ほご》にされたので、ルードルフ様のお申し出を受けてこちらにまいりました。これも聖女様のお導きだと信じております」

　周りがひそやかにざわめきますが、わたくしは胸を張って、聞き返しました。

「それがあなたの異議なのですか？」

　ローゼマリー様は緊張した様子で仰いました。

「いいえ、まずはそれを確認したかったのです」

「確認、ですか？」

「はい。やはり本当だったのですね……」

どんな批難の言葉が飛んでくるのかと思いましたら、ローゼマリー様は、潤んだ目をしてわたくしにすがり付きました。

「お願いします！　エルヴィラ様、帰らないでください!!」

帰る？　どこに？

「あの、なんのことでしょう」

「結婚式を挙げたら、トゥルク王国に視察に向かうと伺っております」

それはそうだったので、わたくしは頷きました。

「もうここへは戻ってこないのではないですか？　それを考えたら辛《つら》くて辛くて、どうしてもお伺いしたかったのです」

エリック様がそこでわたくしに仰いました。

「ローゼマリー様は、特に熱心な信者なのです。聖女信仰の」

「ああ……」

ローゼマリー様は続けます。

「王妃候補であり、聖女様になるほどの尊いお方を、トゥルク王国が手放したのは、エルヴィラ様を陥れたからだと聞いております」

わたくしは黙っていることで、ローゼマリー様の言葉を肯定しました。

「そのこと自体は、トゥルク王国の落ち度なので全然、全く、本当に、心底いいのですが、心配なのは、あちらの国の図々しさです」

「図々しさ？」

「エルヴィラ様の母国をそのように申し上げる非礼をどうかお許しください！　だけど、エルヴィラ様はとても……おやさしい方だと聞いております。ご自分を無体な目にあわせたトゥルク王国でも、謝ってきたら許してしまうのではないでしょうか？　そう考えたら不安で胸がいっぱいで、眠れなくなるのです。お願いします。ずっとここにいてください」

そういうことですか。

恥ずかしながら、わたくし、ほんの少し、勘違いしておりました。

ローゼマリー様は元ルードルフ様の婚約者候補などで、わたくしに異議を申し立てることで、もう一度その立場に成り代わろうとしたのかと、身構えておりました。

全然違いましたね……。

反省を込めて、わたくしはローゼマリー様の手を取りました。その手は震えており、ずいぶん勇気を持って声をかけてくださったのだと分かります。

「ローゼマリー様。わたくしは、確かにトゥルク王国の王妃になるべく教育を受けてきました。聖女候補でもありました」

ですが、とわたくしは、ローゼマリー様だけでなく、その場にいる皆様にも申し上げます。

「今、わたくしはこのゾマー帝国の聖女です。トゥルク王国に行くことがあっても、いえ、それ以外のどこに行っても、帰る場所はここです。どうか、そんなわたくしを受け入れてください」

エリック様が拍手をしました。ルードルフ様がそれに続きます。やがて先ほどよりも大きな拍手が神殿を包みました。

「先ほども申し上げましたが」

エリック様が仰います。

「よくぞこの国に、来てくださいました。お礼申し上げます」

そして、神殿を見上げて真摯な瞳で仰いました。

「せっかくですから、最後はお祈りで締めくくりましょう」

不思議なことに、エリック様の声だけは拍手の中でも聞こえました。

「ご存じのように、この世界には、『清らかな世界』と『汚染された世界』の2つがあります。

単純に、『あちらとこちら』、『この世とあの世』などとも呼んでいますね」

わたくしたちは全員、目を閉じ、胸の前で手を組みました。

「この2つの世界の違いを理解するには、『清らか《ヒュプシュ》』という言葉の意味を考えてみる必要があります」

エリック様の言葉は続きます。

「『清らか《ヒュプシュ》』は、『聖女がこの世界を巡ること』と同じ意味です。この世界を聖女様が巡ることで、『清らか《ヒュプシュ》』が循環するのです」

そこまでは、わたくしもトゥルク王国で聞いていたお説教と同じでした。でも。

「一方、汚染された生き物、『悪魔《トイフェル》』は、汚染された世界を巡ります」

あら、とわたくしは思いました。

「『清らかな世界』と『汚染された世界』は、決して交わることがありません。この世界と聖女様に祈ることによって、私たちは、『清らかな世界』で生きていけるのです」

『悪魔《トイフェル》』というのは耳に新しかったので、わたくしはまだまだ勉強しなくては、と気を引き締めました。トゥルク王国では、聞いたことがなかったのです。

聖女認定の儀式が終わったその夜、宮廷では晩餐会《ばんさんかい》が開かれました。

いろんな方が挨拶に来てくださいました。あらかじめ頭には入れておりましたが、すべての方の顔と名前を、わたくしはもう一度叩き込みました。

晩餐会を終えると、ルードルフ様が離宮まで送ってくださいました。

「夜の空気を吸うために、庭園を通って帰りませんか？」

わたくしが素直に、ぜひ、と伝えると、ルードルフ様は嬉しそうに笑いました。

月が明るく、草木を照らします。

わたくしはやっと、落ち着いた気分になりました。

「それにしても、ローゼマリー・ゴルトベルク嬢には参ったね」

一生懸命なローゼマリー様を思い出して、わたくしも頬が緩みました。そうだ。わたくしは、先ほど思い付いたことを、口にします。

「ルードルフ様、お願いがあるのですが」

「なんですか？　なんでも言ってください」

あたりに誰もいないことをそっと確認してから、わたくしは申し上げました。

「差し支えなければ、ローゼマリー様を、わたくしの侍女にしていただけないでしょうか」

「侍女に？」

「もちろん、ローゼマリー様のご意向を伺ってからですが」

「ご意向も何も、本人が聞いたら狂喜乱舞するんじゃないでしょうか。でも、いいのですか？」

はい、とわたくしは頷きました。

「これから、いろんな貴族の方がわたくしの侍女候補として名乗り出てくださることでしょう。その前にローゼマリー様を選んでおくのは、指針として分かりやすいと思うのです」

「つまり、聖女に対する信仰心の強い者でなければエルヴィラの侍女にはなれない、ということですか」

「ええ」

もちろん、わたくしは、わたくしのためにこんなことを申し上げているわけではありません。簡潔にお伝えします。

「ルードルフ様がいずれ即位されたとき、聖女信仰を下地にして国をまとめ上げるのは、合理的かつ強力な要素ではないでしょうか。わたくしという妻がいるのですから」

いろんな国を吸収して築き上げた帝国をまとめるのに、規律が緩やかな聖女信仰を柱にするのは、民の抵抗が少ないいい考えだと思います。

ルードルフ様が次期大神官であるエリック様と近しいのも、いい方向に働くはずです。

「もちろん、既存の信仰を尊重する前提ですが」

わたくしの真意をルードルフ様は察してくださったようです。

「エルヴィラ、私のために無理をされるなら――」

「ルードルフ様のためになることをわたくしがするのは当然でしょう？」

それが、聖女でありながら、皇太子妃であるわたくしの役割です。

それに、とわたくしは申し上げました。

わたくしは月を見上げました。

「ローゼマリー様の心配は、国民の心配でもあると思うのです」

わたくしは月を見上げました。とても穏やかな光です。

「わたくしは必ずここに帰ってきます。そのためにも、ローゼマリー様に待っていていただきましょう」

「明日にでも、ゴルトベルク伯爵を通じて、お伺いを立てましょう。まあ、父親が反対したら家出してでも宮廷に来そうだけど」

わたくしは笑いながら頷きました。

「お願いします」

やがて離宮に到着しました。ルードルフ様は仰いました。

「おやすみなさい」

わたくしも、申し上げます。

「おやすみなさいませ、ルードルフ様」

それから1週間が経ちました。

わたくしは、久しぶりにお父様、お母様、リシャルドお兄様と再会いたしました。結婚式のために、来てくださったのです。

「ああ、エルヴィラ、元気そうでよかった！」

「エルヴィラ、我が娘よ」

「元気だったか、エルヴィラ」

「お母様、お父様、お兄様も……お久しぶりです」

抱擁を交わすと、胸がいっぱいになりました。


離宮で家族の再会を味わえるようにと、ルードルフ様が部屋を用意してくださいました。

早速、お茶を振る舞います。

「しかし、まさかルードルフと結婚するとはな」

湯気の向こうのお兄様の微笑みは、昔と同じでした。

「わたくしも、驚きました」

「まあ、あいつより全然ましだ」

あいつとは、アレキサンデル様でしょう。以前なら、お兄様のそんな仰りようをたしなめるお母様が、黙ってお茶を飲んでおります。

「知っているか？　ルードルフは、お前のことをずっと見ていたんだぞ」

「ずっと？」

「ルードルフは、我が家に何回か来ただろう？」

「いらっしゃいましたが」

ルードルフ様は何度か、お父様の招待でトゥルク王国を訪れています。わたくしとも何度も会話しました。

けれど、ずっと見ていたと言われたら、首を捻《ひね》るばかりです。

「まあいい。その辺はルードルフから聞けばいい。これからずっと一緒なんだから。まさか、ルードルフが義弟になるとはな」

お兄様の言葉に、思わず茶器を持ち上げる手を止めてしまいました。

ずっと、一緒。

「なんだ？　照れてるのか？」

「リシャルド！　いい加減になさい」

お母様が、たしなめました。

その翌々日が結婚式でした。今回はエリック様ではなく、大神官様に儀式を司っていただきました。神殿を出ると、祝福の声が響きます。

「皇太子様！　皇太子妃様！　おめでとうございます！」

「おめでとうございます！」

「ゾマー帝国の若き太陽と月！」

わたくしは本当に幸せでした。隣に立つルードルフ様に囁《ささや》きます。

「よろしくお願いいたします」

「こちらこそだよ。もう離さない」

ルードルフ様は臆面もなくそんなことを仰います。リシャルドお兄様が笑いました。

「妹を頼みますよ、皇太子様」

「何よりも大切にします」

ルードルフ様はわたくしを見つめて、そう仰いました。

◆◇◆◇◆

一方のトゥルク王国では、相変わらず災害が続いていた。

干ばつ、豪雨、不作、ありとあらゆる悪い報告が王の元に届く。アレキサンデルは、毎日、頭を抱えていた。

「大変です！　大変です！」

今日も、ヤツェクが大慌てでアレキサンデルの元に駆けつける。うんざりだ、とアレキサンデルは思う。もはや心は動かされなかった。

「どうした、ヤツェク」

形だけそう聞き返すと、ヤツェクは息を整えて、いつになく深刻な声で告げた。

「……エルヴィラ様の居場所が分かりました」

これにはアレキサンデルも驚いた。

「なに?!　どこにいるんだ？」

「国内ではありませんでした」

「やはりキエヌ公国か？　母親のいる――」

「ゾマー帝国です！」

珍しくヤツェクは、アレキサンデルの言葉を遮った。

「ゾマー？」

アレキサンデルはルードルフのことを思い出した。

やはり、あのいけすかない皇太子が絡《から》んでいたのか。

「連れ戻せ」

アレキサンデルは短く言った。ところがヤツェクは固まって動かない。

「どうした？　すぐにゾマー帝国に人をやって連れ戻せ」

——これでなんとかなる。

滞《とどこお》っていた業務も、もしかしたら災害も。

聖女の力など嘘っぱちに決まっているが、民衆の気持ちは落ち着くはずだ。

さすがのエルヴィラも、婚約破棄は堪《こた》えただろう。

素直に謝るなら、ナタリアと2人で聖女にしてもいい。聖女の地位に執着していたエルヴィラだ、それなら承諾するだろう。

もう逃さないように、やはり側妃にもしておくべきか。

私が何度も頼めば、最終的に受け入れるだろう。エルヴィラには、そういう甘いところがある。冷たいようで情が深いのだ。長い付き合いだ。それくらい分かる。そうなれば今すぐにでも——

「無理です」

思考を分断されたアレキサンデルは、不機嫌に眉を寄せた。

「なんだと？」

「連れ戻すのは、無理です」

「あの皇太子か？　それなら――」

「陛下、私たちが調べたから、エルヴィラ様の居場所が分かったわけではないのです。先方から、打診があったのです。正式に訪れたいと仰っています。今のトゥルク王国にこれを断ることはできません」

アレキサンデルにはさっぱり意味が分からなかった。

「どういうことだ？　エルヴィラはゾマー帝国で何をしているんだ？」

ヤツェクは大きく息を吐いて言った。

「ゾマー帝国の皇太子夫妻から、国王夫妻、つまり、陛下とナタリア様の結婚式に出席したいがいいか、と打診されました」

「それとエルヴィラとどういう関係がある？」

「陛下、エルヴィラ様は、ゾマー帝国の皇太子妃になられたそうです」

「皇太子妃……？」

「はい。ですから、もうトゥルク王国の人間ではありません。無理やり連れてくるのは不可能です。この訪問で怪我でもさせたら、即戦争になります」

アレキサンデルは少し考えてから、笑った。

「ヤツェク、そんなわけはない。皇太子妃？　エルヴィラが？　まさか、人違いだろう」

ヤツェクは泣きそうな声で言った。

「いいえ、私もそう思って何度も確認したのですが、エルヴィラ・ヴォダ・ルストロ様に間違いないそうです。ゾマー帝国の聖女様でもあり、皇太子妃です!!」

ガタン！

アレキサンデルは大きな音を立てて、立ち上がった。

「そんな馬鹿なことがあるか！　今すぐ、エルヴィラをここに連れてこい！　エルヴィラは、トゥルク王国の聖女だ！　ここにいるべきだ！　そうだろ？」

「ち、違います」

「何？」

「トゥルク王国の聖女は……ナタリア様です！　陛下と神殿がそう決めました」

ガシャーン！

執務机の上のインク瓶《びん》が、ヤツェクの背後に投げられた。

「……うるさい」

アレキサンデルはそれだけ言うと、荒々しい足音を立てて、執務室を出ていった。

取り残されたヤツェクの額から、ポタポタとインクが滴《したた》っていた。怪我はなかったが、ひどいありさまだ。

「はあ……」

ヤツェクは、壁にもたれてずるずると、滑るように座り込んだ。

インクは部屋中に飛び散り、なかなか消えない染みを作った。


執務室を飛び出したアレキサンデルは、すぐに神殿に向かった。

神殿では、知らせを聞いた大神官が待っていた。

「陛下、突然どうされました」

人払いをさせた部屋で、アレキサンデルは切り出した。

「エルヴィラがゾマー帝国の皇太子妃になっている」

「皇太子妃！　そうでしたか、あのとき……」

大神官はそれだけで、いろいろと察したようだった。

「探してもいないはずです。皇太子にやられましたな」

アレキサンデルは、大神官を睨み付けた。

「お前のせいだ」

「私の？」

「お前があのとき、逃がして様子を見ろと言ったから」

大神官は心外そうな顔をした。アレキサンデルは、さらにイライラして言った。

「なんとかしてエルヴィラを、この国に引き止められないか考えろ」

大神官は首を捻る。

「引き止めてどうなさるおつもりで」

「決まってるだろ、エルヴィラにこの国の聖女として働いてもらうんだ」

大神官はぽかんとしてから言った。

「無理ですよ。あの皇太子が許すはずありません。今、帝国に睨まれていいことは何もないでしょう」

「じゃあどうしたらいいんだ！　訪問を受け入れて、そのまま帰すのか」

「それが普通では」

「嫌だ！」

大神官は呆れたような息を吐いたが、少しだけ低い声で呟いた。

「……まあ、確かに邪魔ですな……帝国にエルヴィラ様がいるというのは」

しかし大神官は、アレキサンデルの予想とは違うことを言った。

「国中の災害について、何かと横槍を入れてくる可能性があります。いっそ、訪問を拒否することはできませんか」

アレキサンデルは目を見開いた。せっかくエルヴィラが来ると言っているのに、断る？

「災害があるのは、神殿の怠慢ではないか！　なんとかしろ！」

大神官は一瞬、驚いた顔をしたが、すぐに納得するように頷いた。

「陛下は、なにがなんでもエルヴィラ様を引き止めたいのですな？」

「当たり前だろう」

「しかし、難しいことですよ、なんせ帝国の皇太子妃様です」

「そこを神殿の権限で、なんとかできないかと言ってるんだ！」

「権限ねえ……」

そもそも、国力に圧倒的な差があるのだ。まともに考えたら無理だろう。

しかし、大神官は言った。

「要はエルヴィラ様ご自身がここに残ると言ってくだされればいいわけで」

「そうだ！　その通りだ！　できるのか？」

「考えはあります。しかし、ひとつ問題がありまして。ナタリア様が駄々をこねず、素直に祈ってくだされればいいのですが、最近はご機嫌斜めなようで」

「ナタリアが祈る？　それが必要なのだな」

「はい。エルヴィラ様を国に引き止めるために、ナタリア様を祈りの場に連れてくる必要があります」

「……分かった」

アレキサンデルの瞳に暗い色が灯った。


エルヴィラの訪問についてまだ何も知らされていないナタリアは、日々、結婚式の準備に勤《いそ》しんでいた。今日もデザイナーを呼んでの打ち合わせだ。

「ドレスはもっと鮮やかな色がいいです」

「しかし……」

ドレス作りでは王都で一番と言われる腕を持つダニエル・ノヴァックは、ナタリアの希望に終始困惑していた。

「陛下と王妃様の結婚式なのですから、やはり伝統的な白がいいかと……」

「伝統って言えばよく聞こえますけど、誰もが着たことのある色じゃないですか」

白は『乙女の百合』を象徴する色なので、トゥルク王国では、庶民も結婚式で白いワンピースを着る。貴族など、余裕があるものは、それに青い宝石の装飾品を身に付けるのだ。

「せっかくなんだから、誰も着なかった色を着たいんです。ダメですか？」

ダメに決まっている。

だが、ダニエルの立場では、思ってもそうは言えない。代わりに愛想笑いを浮かべる。

「一度、陛下にお伺いを立ててみるのはいかがでしょうか。陛下の許可がなければ、私どもはどうにもできません」

「着るのはナタリアなのに……」

と、そのとき。その場に、ズカズカと入り込む人物がいた。そんな傍若無人なことができるのは、宮廷で１人だけだ。

突然現れたアレキサンデルに、ナタリアは満面の笑みを浮かべた。

「陛下？　うわぁ！　すごく嬉しいです。今、お伺いしようと思っていたんです。ねえ、陛下、陛下もやっぱりドレスの色は白じゃなく――」

「ドレスの色など何色でもいい」

「陛下？」

アレキサンデルはいつものようにナタリアを抱きしめなかった。代わりに冷たい声で言う。

「ドレス選びに時間をかけるのはもう終わりだ。他のことも適当に決めろ」

「適当？　そんな！　ひどいです！」

アレキサンデルはナタリアの嘆きを無視した。

「これからしばらく近場に何カ所か、祈りに行け。神殿が新しい祈りの方法を教えてくれるそうだ。その練習も兼ねている」

「えー、祈りですか……」

ナタリアは、うんざりした顔になった。神殿ならともかく、出向いて祈るのは嫌だと前にも言ったのに。群衆が文句を言うのだ。

「ナタリア、気が進みませんって前も――」

パアンッ！

突然、乾いた音が部屋に響いた。頬に熱さを感じたナタリアは、その場に倒れ込んだ。アレキサンデルが、ナタリアの頬を叩いたのだ。

「な、ナタリア様！」

ダニエルが飛んできた。メイドたちも慌てて動き出す。ナタリアは呆然としたまま、動けなかった。アレキサンデルは、感情のこもらない声で言った。

「ゾマー帝国の皇太子夫妻が、私たちの結婚式に来るそうだ」

ゾマー帝国？　皇太子夫妻？　それがいったい？

ナタリアの疑問をよそに、アレキサンデルは続ける。

「覚えているか？　聖女認定の場で、お前が馴れ馴れしく話しかけて咎《とが》められたあの皇太子だ。エルヴィラはその皇太子妃になっている」

ああ、とナタリアは思い出した。

だが、なぜナタリアがこんな目にあわなくてはならないのかは分からなかった。

「……皇太子妃を祈りの場に連れ出すから、お前はそこで完璧に祈れ。分かったな」

ナタリアの疑問に何ひとつ答えないまま、アレキサンデルは部屋を出ていった。

「ナタリア様、これを」

メイドがようやく冷やした布を持ってきた。

ナタリアの目からぽろぽろ涙がこぼれた。

4章　あの国は今、どんな状態になっているのでしょうか

わたくしとルードルフ様の結婚披露宴はまだまだ続いておりました。

ほどよいところで、わたくしとルードルフ様だけ会場をあとにし、代々の皇太子夫妻が暮らしていたという宮殿に移動しました。今日から、離宮ではなく、ここで暮らすのです。


部屋に戻ったわたくしは、まずは、湯あみをしました。

「ああ、エルヴィラ様、今日は一段とお美しいです。眩《まぶ》しいくらいです」

「薔薇の香水をもう少しだけ付けましょう」

「髪の艶も申し分ありません」

いつもより丁寧な湯あみのあとは、光沢のある、滑らかな生地の夜着を身に付けます。

「それでは、エルヴィラ様、わたくしどもはこれで」

侍女たちが一斉に下がり、わたくしは続き部屋になっている寝室に入りました。ルードルフ様はまだいらっしゃらないようです。

わたくしはソファに座ってルードルフ様がいらっしゃるのを待っておりました。寝室も、十

分な広さでした。真ん中に天蓋付きの大きな寝台が置かれていますが、直視できず、目をそらしてしまいます。それ以外は、いつも通りのわたくしだと、思います。見た目は。

でも、内心は。

正直に申し上げて、かなり緊張しておりました。ルードルフ様がいらっしゃったら、何を話せばいいのかも分かりません。こんなときは、どんな話題が適切なのですか？　明日の天候？　政治について？　さすがに、それは違う気がします。『乙女の百合祭り』についても、先ほどの披露宴で、皆様とさんざんお話ししました。ルードルフ様も同じでしょう。

ああ、そうだ！

この新しい宮殿の美しさを話題にするのはいいかもしれませんね。歴代の皇太子夫妻のエピソードなども聞かせていただければ、それなりに盛り上がるのではないでしょうか。

それです！

話題の糸口がつかめたわたくしがほっとしておりますと。

「エルヴィラ、入るよ」

ルードルフ様の部屋と繋がっている方の扉が開きました。

「はい」

声こそいつもと同じでしたが、わたくしの心臓は跳ね上がるように激しく脈打ちました。

わたくしの横に並んで座ったルードルフ様からは、何かよい香りがしました。わたくしの薔薇の香水と似ているけれども少し違う香りです。２つが混ざっても違和感のないように計算されているのでしょう。うっとりする香りが寝室全体を包みました。

「エルヴィラから、いい匂いがしますね」

わたくしが思っているのと同じことをルードルフ様が仰いました。

「薔薇の香りだそうです」

「一番好きな香りです」

ルードルフ様は、嬉しくて仕方ないというような笑顔になりました。よほど好きな香りなのですね。ルードルフ様の夜着は、わたくしのものより、オリエンタルな装飾が多くされていました。ルードルフ様の黒髪にとてもお似合いです。わたくしの夜着に余計な装飾がないのは、わたくしのプラチナブロンドの髪に合わせてくれたのかもしれません。この宮殿で働く人たちの細やかな気遣いが分かります。

と、気を紛らわせてみても、お互いの香水の匂いまで分かる近さに、緊張がさらに高まります。王妃教育で鍛えた表情筋は、こんなときでもいつもの笑顔を作りますが、せっかく考えた話題も口に出せない始末です。もう、何をどうしていいのか分かりません！

そんなわたくしの焦燥をよそに、ルードルフ様がのんびりと仰いました。

「ああ、今夜のエルヴィラもやはり素敵ですね」

緊張している様子は、全くありません。わたくしはなぜか、その余裕を憎たらしく思いました。わたくしばかり、緊張しているのですね。

そうだ。

わたくしは、やっと思い付いたことを口にします。

「何かお飲みになりますか？」

「いや、今はいいな。ご馳走でお腹いっぱいだ」

「そうですか」

そうですよね。わたくしもそうです。顔には出さず、しょんぼりしました。わたくしのよく分からないそんな努力もむなしく。

「今日は疲れましたね。もう寝ましょうか」

ルードルフ様はにこやかに仰います。わたくしは覚悟を決めて頷きました。

「そうですね。さすがに疲れましたわ」

表情とは裏腹に、心臓の動きはさらに激しく、打ち付けます。

「おやすみ」

「はい……おやすみなさいませ」

わたくしとルードルフ様は、広い寝台の端と端に横になりました。手を伸ばしても届かないほどの広さです。夜具に潜り込むと、ルードルフ様はそのまま目を閉じてしまわれました。

よろしいのでしょうか。

わたくしとて、結婚した夫婦の夜と朝の間に、何かあることくらい知っています。

このまま眠ってもいいのでしょうか。

いいんですね？

寝ますよ？

混乱しつつも、目を閉じると。

「エルヴィラ、安心してください」

ルードルフ様が、仰いました。

「あなたには触れません」

わたくしは思わず目を開けて、ルードルフ様の方を見ました。ルードルフ様はとてもやさしい瞳でわたくしを見つめています。

「あなたのご両親にした約束は守ります。あなたの気持ちが傾くのをずっと待ちます」

「でも、あの」

その約束のことはもちろん覚えております。ですが、わたくしも覚悟を決めて嫁いだ身、ルードルフ様が一言、いいですか、と聞いてくだされば、了承するつもりでおりました。

ですが、ですが。えーと。

わたくしが、何をどう言っていいのか迷っていると。

「跡継ぎのことなら、まだしばらくは、気にしなくて大丈夫でしょう。まずはあなたの気持ちが大事です」

さらに、そんな思いやり深いことを仰ってくださいます。とてもありがたいお気持ちに感謝しながらも、わたくしはどう言えば、もう触れてくれても大丈夫だと伝えることができるのかと悩みました。わたくしから申し出るのは、その、恥ずかしいと言いますか……どうしたらいいのでしょう。

「エルヴィラ、覚えていますか？　ルストロ公爵家で、何度かお会いしたときのことを」

「もちろんです」

ああ、もう、違う話になってしまいましたね。

「初めて会ったとき、あなたはまだ14歳で、とてもかわいらしかった」

「わたくし、デビュタントもまだの子供でしたわ」

「広すぎる公爵家で迷った私は、うっかり庭園に迷い込んだ」

「そうでした」

いきなり端正な王子様のような人が現れたので驚いたのを覚えています。皇太子様だったわけですが。

「薔薇の生垣の前に立っているエルヴィラを、本気で天使だと思いました」

「褒めすぎです」

「褒め足りないくらいですよ。あれ以来、何度かお伺いしましたが、正直に申し上げると、それらはすべてエルヴィラに会いたかったからです」

え？

わたくしは声には出さず驚きました。そんなことは、初耳でした。

「あの、ルードルフ様は、お兄様に会いにきていらっしゃるのだと……」

「もちろん、リシャルドは数少ない友人の1人です。ルストロ公爵のお話も実に興味深いものでした。けれど、あなたを一目見られたら、というそんな気持ちがずっと消えずにありました。あの頃の私はなんとか理由を作って、エルヴィラに話しかけにいっていたのですよ」

ルードルフ様は、天蓋を見上げて仰いました。

「……何度も、諦めようとしたのです。でも、できなかった」

わたくしは、ルードルフ様のそんな気持ちに全く気付いていませんでした。

「いつも……素敵なお菓子やリボンをくださって、嬉しかったです」

食べるのがもったいないくらい綺麗な砂糖菓子や、キラキラ光る布でできたリボンなどを贈ってくださいました。

「ルードルフ様がくださったものは、わたくしの宝物でした」

「それは嬉しいな。あなたを喜ばせるために必死で選んでいましたからね」

ルードルフはお前のことをずっと見ていた、と言っていたお兄様の言葉を思い出しました。

「でも、段々と、会うたびにあなたの顔が曇っていくのを、どうすることもできないまま、あなたは宮廷で暮らすようになってしまった。仕方なく私は、遊学したりしておりました」

「そうだったのですか……」

ルードルフ様は、わたくしにとって、本当のお兄様以上にお兄様らしい、憧れの存在でした。だからでしょう。あのとき。

いくら最善の策を選ばなければいけなかったとはいえ、わたくしはルードルフ様でなければ嫁ごうとは思わなかったはずです。

ほのかに憧れを抱いていたルードルフ様だったからこそ、あんなに早く決断できたのです。

その気持ちは、こちらに来てからも増すばかりで、消えることがありません。ですから――。

「だから、エルヴィラ、安心してください」

わたくしが言葉を探している間に、ルードルフ様が先に仰いました。

「きちんと約束は守ります。その辺の男と同じだと思わないでください。あなたの気持ちが傾くまで、何年だって待ちますから」

「……」

「エルヴィラ？」

「いえ、あの、本当に……ありがとうございます」

ルードルフ様はほっとしたように、頷きました。

「今まで待ったのだから、焦りませんよ」

「……ありがとうございます」

どう申し上げたらいいか分からなくて、わたくしはお礼を繰り返します。つまり、これは。

わたくしの方から、ルードルフ様に、もう大丈夫ですよ、夫婦になりましょう、と表明しなくてはいけないのですね？　そ、そんなこと……。

無理。

恥ずかしさで真っ赤になったわたくしは、夜具に潜り込むように目を閉じました。

ルードルフ様はやさしく、おやすみ、と声をかけてくださいました。

◆◇◆◇◆

「いや、殿下。いくらエルヴィラ様が大事といっても……それは大事にしすぎでしょう」

トゥルク王国訪問ための打ち合わせをしていたルードルフは、なぜか腹心の部下、フリッツにそうため息をつかれた。

フリッツが、念のため、ご懐妊の可能性を考慮して警護の計画を立てましょう、と申し出てくれたので、フリッツにだけと厳重に口止めした上で、その可能性はまだないことを打ち明けたのだ。非難がましい目で見られたルードルフは、思わず反論した。

「大事にしすぎてはいけないか？　どんなに大事にしても足りないくらいなのだが」

フリッツは、手にした書類をルードルフの机に、パサ、と置いた。仕事から離れて発言したいときの癖だ。

「殿下、ここからは友人として申し上げてよろしいですか」

案の定、フリッツはまじめな口調とは裏腹に、ルードルフに、ぐい、と顔を近付けた。

「賭けてもいいです。今頃エルヴィラ様は悩んでいらっしゃいますよ」

ルードルフは、座ったまま腕を組んだ。なぜエルヴィラが悩むのだろう？

「皇后陛下や皇帝陛下の覚えがめでたいだけあって、皇太子妃様は、まじめで責任感が強く、さらに人望の厚い方です」

「ああ、美しいだけではないのだ」

「そんな責任感の強いエルヴィラ様のことですから、いずれその状態を変えようと思われるのではないですか」

そうか、とルードルフは、そこに思い至らなかった自分の思慮の浅さをすぐに悔いたが、腹心の部下であり、昔馴染みであり、乳兄弟でもある友人のドヤ顔が悔しかったので、顔には出さなかった。フリッツは、さらに畳みかける。

「殿下のエルヴィラ様を大事にしたい気持ちは、この先も変わらないでしょう」

「もちろん」

「ということは、現状を変えるためには、エルヴィラ様のほうから積極的にならなくてはなりません。深窓のご令嬢だった人にはそれは、難しくないですか」

「ぐうむ」

ルードルフは低すぎる声で頷いた。フリッツは続ける。

「さらに殿下、これだけは覚えていてください。男と女の間には、真意が簡単には伝わらない呪いがかかっているると思うくらいで、ちょうどいいことを」

「さっぱり分からない。どういうことだ？」

「これくらい言わなくても分かってくれるだろう、という甘いお考えはお捨てください、ということです」

「ぐ……なるほど。さすが、結婚6年目となると、言うことが違うな」

恐れ入ります、とフリッツは頭を下げた。こう見えてもフリッツは、情熱的な一目惚れを成就させた愛妻家だ。

「結婚生活も、上手く回すコツというものがあるのです。大事にしすぎるだけでなく、ちゃんと、思っていることを伝えてください。言葉で、ときには行動で」

「……エルヴィラのためによかれと思っていたのだが」

「あ、『よかれと思ってやったんだ』は、相手にとってよくない場合がほとんどなので、特に気を付けてくださいね」

「そうなのか?!」


「エルヴィラ様、こちらは準備が整いました」

「ありがとう、クラッセン伯爵夫人」

いよいよトゥルク王国を訪問するときが近付き、わたくしは侍女たちと準備に追われておりました。ルードルフ様は、あれ以来、同衾してもただ一緒に眠るだけで、その問題もやはりどうにかしなくては、と思います。そんな心配が顔に出たのでしょうか、クラッセン伯爵夫人が、ふと、声をかけてくださいました。

「エルヴィラ様、どうかされましたか」

「なんでもありませんわ」

そっと笑って答えましたが、クラッセン伯爵夫人には通じませんでした。

「いいえ、何かありますね？　どうぞ仰ってください」

クラッセン伯爵夫人はわたくしより8歳年上。頼りになる侍女です。

荷物を詰める手を止めて、わたくしは思い切って聞きました。

「クラッセン伯爵夫人は、結婚してもうどれくらいですか？」

「10年です」

「その……参考までに教えていただきたいのですが、クラッセン伯爵に自分の気持ちを伝えるのに、何か、その、工夫はされていますか？」

質問してから、わたくしは思わず後ろを向いてしまいました。なんでしょう、この質問は。

わたくしがルードルフ様に気持ちを伝えたがっていることが、丸分かりではないですか。

しかし、クラッセン伯爵夫人は、笑いませんでした。わたくしが恐る恐る振り向くと、何かを思い出すように、頷きながら言ってくれました。

「気持ちを伝えるどころか」

何を思い出したのか、うんざりした顔をします。

「結婚生活を始めたばかりの頃は、エドが何を考えているのか全然分かりませんでしたわ」

「そうなのですか？」

エドとはクラッセン伯爵のことです。わたくしは思わず、聞き入ってしまいました。

「はい。エドは無口なので、何か話しかけても、ああ、とか、そう、としか答えなくて。新婚の頃は毎日イライラしてました。今思い出しても、あれはひどいです」

そんなことを話しながらも、クラッセン伯爵夫人は幸せそうに笑います。クラッセン伯爵との、現在の睦まじさが伝わってきました。

「イライラは治ったのですか？　どのようにして？」

「そうですね……エルヴィラ様に対して、僭越な言い方になりますが」

「お願いします」

「覚えていていただきたいのは、男性の言葉を待っていては、埒《らち》があかないということです。彼らは、言葉に重きを置いていないのです」

「そ、そうなのですか？」

「はい。あと、なぜか彼らは重要なことほど、言わなくても伝わるはず、と言わない傾向があります。これはいろんな方から聞くことです」

「勉強になります……」

さすが独身の頃は社交界の花と言われたというクラッセン伯爵夫人です。

でも、それではどうしたらいいのでしょう。

「やはりこちらからあれこれ言葉をかけるしかないのでしょうか？」

「それもひとつの方法ですが、男性によっては女性の話を全く聞かない人もいらっしゃいますので」

なんということでしょう。わたくしが、どうしていいか分からず黙り込むと、クラッセン伯爵夫人はにっこりと笑いました。

「ですから、エルヴィラ様、妻が心がけておくことは、言葉かけではありません。観察です」

「観察？」

「はい。私の独断ですが、男性の気持ちは、言葉ではなく、態度に表れることが多いようです。普段からよく観察しておくと、いざいつもと違うとき、それが何を表しているのか分かります」

もう、先生、と呼びたいくらいでした。クラッセン伯爵夫人は、艶やかに言います。

「トゥルク王国で、お2人の仲が深まることを願っておりますわ」

わたくしは、ありがとう、とお礼を述べました。

そのためにも、トゥルク王国が落ち着いた平穏な状態であってくれたらいいのですが。

わたくしはそっと窓の外を見上げます。

あの国は、今、どんな状態になっているのでしょうか。

◆◇◆◇◆

アレキサンデルの父であり、前王であるクシシュトフ一世は、長い間、アレキサンデルしか子がいなかった。側妃を持つ気にならなかったクシシュトフ一世は、それならばとアレキサンデルに期待の目を向けた。1人しか子がいないのなら、その子を完璧に仕上げようと思ったのだ。

ところが、その期待に、アレキサンデルは応えられなかった。

何をしても、クシシュトフ一世の目に、アレキサンデルは凡庸に映った。男の癖に怖がりで、怯えてばかりいる。前王妃ソフィアは、そんなアレキサンデルをやさしい子だと庇《かば》ったが、王に向いていないことは認めざるを得なかった。

ならば、と前王は、未来の王妃にその期待を振り分けることにした。アレキサンデルの器を補える資質を持った令嬢を探したのだ。

　そしてエルヴィラが選ばれた。公爵家に力が偏りすぎると反対する声もあったが、前王は押し切った。エルヴィラと婚約すると、前王は一層、アレキサンデルに厳しくあたった。王になるには、当然のことだった。アレキサンデルもそれを受け入れようと努力した。しかし。

　奇跡的に生まれた幼い弟、パトリックの存在が、アレキサンデルを歪ませた。パトリック王子の方が王の器を持っていると、前王が前宰相に言っていたのをアレキサンデルは聞いてしまったのだ。

　さらに前王は、伯爵家ながらも、国内外に領地を持っているシルヴェン伯爵の令嬢アンナとパトリックの婚約を早々に決めた。アレキサンデルはそれを、父の、弟に対する期待の現れだと思った。

　そうしているうちに、流行病をこじらせて、前王が崩御した。もともと病弱だった前王妃は、悲しみでさらに弱り、温泉の出る療養地に引っ込んでしまった。

　アレキサンデルは、孤独と解放感を同時に味わった。

　そんなときに、ナタリアと出会った。

　ナタリアといると安らいだ。こんな気持ちは初めてだった。手放したくなかった。

　だから、ナタリアを王妃にしようと思った。そうすれば、今度こそ、偉そうなエルヴィラにどちらが上か思い知らせてやれる。

そして、それは叶った。もうすぐ、ナタリアは王妃になる。

なのに、今、思い出すのはエルヴィラのことばかりなのはなぜだろう。

アレキサンデルは忌々しい気持ちで、舌打ちする。

結婚式はもう明日だ。

◆◇◆◇◆

結婚式の前日に、わたくしたちはようやくトゥルク王国に到着しました。国境の川の氾濫で、予定が大幅に狂ってしまったのです。

宮殿でわたくしたちを迎えてくださったのは、ヤツェク様でした。ヤツェク様は深々とお辞儀をします。

「ヤツェク・リーカネンと申します。トゥルク王国の宰相を務めさせていただいております。皇太子妃様におかれましては、父エドガーの頃よりのお付き合い光栄至極に存じます」

「代替わりされたのですね……」

「そうでございます」

前宰相はまだ引退する年齢でもなかったので、何かあったのかと気になりましたが、わたくしが聞けることではございません。執務が大変なのか、ヤツェク様はげっそりとやつれた様子で、目が落ちくぼみ、顔色もよくありませんでした。

わたくしたちは、各国の要人が訪れた際に宿泊する離宮に通されました。

ところが。

「エルヴィラ様はこちらの続き部屋の半分を、ルードルフ様は、あちらの続き部屋の半分をお使いください」

わたくしとルードルフ様は、部屋を離されてしまいました。

「どういうことですか？　このような場合、同じ続き部屋を使うのが慣例でしょう」

違う続き部屋を半分ずつ使うだなんて聞いたことがありません。

ヤツェク様は表情を変えずに、言います。

「続き部屋1つだと、広さが十分ではないので、このようにせよとの王からのお達しです。おもてなしの一環として受け止めていただければ、幸いです」

ルードルフ様に失礼ではないかとわたくしが眉を寄せると、ははっと闊達《かったつ》な笑い声が響きました。振り返ると、ルードルフ様が面白くてたまらない、という顔をしていました。

「なるほど。それが王のお気持ちですか」

ルードルフ様は護衛騎士のクリストフに目で合図をしてから、仰います。

「おもてなしを受け入れましょう。ただしエルヴィラには、こちらの護衛を付けさせてもらいますよ」

ありがとうございます、とヤツェク様は一礼しました。そして。

「お疲れでなければ、今夜、食事をご一緒に、と王が申していますが」

ルードルフ様は首を振りました。

「申し訳ないが、私もエルヴィラも疲れている。結婚式のあとあらためてご挨拶すると伝えてくれ」

かしこまりました、とヤツェク様はすんなりと受け入れます。

なんだか異例続きの訪問です。

それでも、やはり懐かしさは込み上げてきて、わたくしは用意された部屋でしばらく、くつろぎました。窓から見える景色は、確かにトゥルク王国のものです。

部屋に食事を運んでもらい、顔見知りのメイドと束の間の再会を喜び合うなどしておりましたら、その日はすぐに暮れました。明日も早いのでもう休もうとしていましたら、クリストフが何人かの騎士を連れてきて、言います。

「エルヴィラ様のお部屋と廊下の不寝番は、我々がいたします」

と、それを聞いたトゥルク王国の護衛騎士が反論しました。

「我々も皇太子妃様を守る命を受けておりますので」

「それはそうだろう。だが、一番近くは我々が護衛する。エルヴィラ様はゾマー帝国の皇太子妃様なのだから」

トゥルク王国の騎士たちは困った様子でしたが、最終的にはゾマー帝国の騎士たちにわたくしの部屋を任せて、外を守ることになりました。

それだけなら分かるのですが、クリストフは突然頑丈な閂《かんぬき》を取り出したので驚きました。

「続き部屋の鍵を、こちらからかけさせていただきます」

そして、向こう半分に続いている部屋の扉を開かないようにしたのです。

「いつからそれを用意していたのですか？」

思わず聞いてしまいました。クリストフは誇らしげに答えます。

「こんなこともあろうかと、ゾマー帝国から持ってきました」

「ルードルフ様の仰せですか？」

「はい」

こんなこともあろうかと？　ルードルフ様は、この状況を予想していたのでしょうか？

なんだか、不思議なことばかりで、その日は夜具に入ってもなかなか眠れませんでした。

久しぶりの母国に、興奮していたのかもしれません。

それでも少しうとうとしましたら、廊下で何か物音がしたような気がして目が覚めました。

「エルマ？」

わたくしは隣の部屋にいるエルマを呼びました。

「はい、エルマはここにいます」

エルマはすぐに来ました。

「何か音がしたようだけど」

「それでしたら大丈夫だと、クリストフ様が仰っております。鼠《ねずみ》が出たようだが追い払ったとお伝えくださいと承っております」

「そうなの？」

離宮に鼠なんていたかしら？　なんだかよく分からないまま、もう一度眠ろうとしましたら、今度はエルマから声がかかりました。

「エルヴィラ様、あの、ルードルフ様がこちらにおいでです」

「は？」

お通ししますね、とエルマが言うのとほぼ同時に扉が開きました。

「エルヴィラ、失礼するよ」

ルードルフ様がわたくしの寝室にいらっしゃいました。

ルードルフ様は部屋着ではなく、きちんとした騎士服を身に付けていました。寝台から下りて、ガウンを羽織ったわたくしは、エルマに合図して、ルードルフ様に飲み物をお勧めします。背もたれ付きの椅子に座ったルードルフ様は、お酒ではなくお茶を少しお飲みになりました。

「申し訳ございません」

ルードルフ様が何か仰る前にわたくしは謝りました。ルードルフ様は意外そうな顔です。

「なぜ、エルヴィラが謝るの？」

「何もなければルードルフ様がいらっしゃるわけはありませんもの。それにその格好」

騎士服であるということは、ルードルフ様が先頭に立って、護衛に力を入れてくださっているということです。

「鼠は捕まりましたか？」

つまり、誰かがここに忍び込もうとしていたのですね。

「それなんだが」

ルードルフ様は、呆れたようなため息をつきました。

「鼠は鼠でも」

「はい」

「王様鼠だった」

わたくしは耳を疑いました。

「そんな、いくらなんでも……」

まさか、という気持ちで呟くと、ルードルフ様は頷きました。

「川の氾濫で足止めされていなければ、もっと前にあなたとゆっくり会えるはずだったし、食事も断ったからね。結婚式まであなたの顔を見られないことが腹立たしかったのかもしれない。正々堂々と正面から、こんな時間に、私の妻に会いたいと申し出てきたんだ。クリストフが丁重に断ったが、それでも聞き分けず、向こうの騎士団とやらを率いて乗り込もうとしたので、最終的に私が、直々にぴしゃりと断った」

わたくしは恥ずかしさに思わず、顔を手で覆《おお》いました。

「なんという……もう、本当に」

そのまま小さな声で、申し訳ございません、と呟きます。アレキサンデル様は、仮にも一国の王という自覚があるのでしょうか。わたくしに会ってどうするおつもりだったのかは分かりませんが、帝国の皇太子妃にすることではありません。もう、本当にどうしたらいいのか分からず、ただ恥じ入るばかりでした。すると。

「エルヴィラ」

ルードルフ様が、そんなわたくしの手をそっと握ります。驚いて見上げますと、ルードルフ様の真剣な目がそこにありました。

「あなたのせいじゃない。謝らないでください」

「ですが」

「あなたとは関係ない人のしたことです」

ルードルフ様はやさしく仰います。

「ただ、より一層、この部屋の安全に気を付けることにしました。クリストフをはじめ、この部屋の周りと、この部屋が見える外からの範囲全部を見守っています。それから」

ルードルフ様は、寝室に目をやって言い添えました。

「私もここに泊まっていいですか？　その、念のため」

「それは、はい、もちろん結構です」

「よかった」

こんなときなのに、わたくしは、少し、どぎまぎしてしまいました。

帝国の寝台に比べると小さくはありましたが、大人2人が寝るには十分な広さの寝台に、わたくしとルードルフ様は横になりました。

今までより少しだけ近い距離に、わたくしは緊張を隠せません。騎士服から部屋着に着替えたルードルフ様ですが、眠る気配はありません。少しでも眠っていただかなくてはと案じておりましたら、ルードルフ様が思い付いたように仰いました。

「そうだ、エルヴィラ、帝国に戻って落ち着いたら、今度は2人で、エリー湖に行かないか？」

「エリー湖、ですか？」

初めて聞いた名前でした。

「父上が視察に行った南部で、復活した湖ですよ。あなたの名前をとって、エリー湖と名付けられました。エリー湖のおかげで、灌漑《かんがい》も進み、作物も実りそうです。住民が聖女様にとても感謝しているので、訪れると喜ばれるでしょう」

「行きたいですわ」

楽しみで胸がいっぱいになりました。これからわたくしが思い出を作るのは、トゥルク王国ではなく、ゾマー帝国なのです。わたくしは、そっとルードルフ様に言いました。

「わたくしのわがままで、面倒なことに巻き込んでしまい、申し訳ありません」

「気にしないでください」

ルードルフ様のやさしさに感謝しながらも、わたくしはどうしても、北の山の頂が気になって仕方ない自分を持て余しておりました。

それは衝動と言ってもいいくらいのものです。けれど結婚式が終わって、北の山の様子を確認できたら、すぐ戻る、と決意を固め直しました。

戻るのです、絶対に。わたくしの帰る場所に。

自分の内なる衝動を抑えるように、わたくしはそう言い聞かせ、浅い眠りにつきました。

◆◇◆◇◆

結婚式の朝。

いつもより早い時間に起こしに来た侍女たちが、ナタリアを磨き上げていた。

「ナタリア様、頬が薔薇色で、天使のようですわ」

「本当にお美しい」

その流れるような称賛を聞きながら、ナタリアは自分の気持ちを持て余していた。

アレキサンデルは、このところずっと不機嫌で、昨日もまたそれを爆発させた。よりによって、皇太子妃に直々に会いに行こうとして止められたらしい。馬鹿じゃないの。それを聞いたナタリアは、まずそう思った。臣下の者ですら、陰で失笑していた。

自分から婚約破棄したのに、よっぽど未練があるのね。帝国の皇太子様が寛大で助かったわ。

侍女たちのそんな囁き声が聞こえていた。

どうでもいいと言っていたのに。

政略結婚の相手に気持ちが動いたことなど、一度もないと言っていたのに。

騙されたような気持ちでいっぱいだ。

「さあ、ドレスを着ましょう」

「ほんとに素敵ですわ」

ナタリアは砂を噛《か》むような思いで、この日のために用意したドレスの着付けに入った。

◆◇◆◇◆

「素敵なドレスだね、エルヴィラの髪の色によく似合っている」

アレキサンデル様とナタリア様の結婚式のために、わたくしが選んだドレスは、薄い灰色の飾りの少ないものでした。ルードルフ様がいち早く褒めてくださいます。

トゥルク王国では、神殿ではなく、宮殿の礼拝堂で結婚の儀が行われます。

祭壇ではすでに、大神官様が待っておりました。大神官様は、わたくしを見ても顔色ひとつ変えませんでした。わたくしも、もちろん、眉ひとつ動かしません。

「ご入場です」

扉が開き、アレキサンデル様とナタリア様が緋色《ひいろ》の絨毯《じゅうたん》の上を歩き始めます。

「まあ」

「……これは」

祭壇まで歩く2人を、わたくしたちが見守る形になるのですが、ナタリア様のドレスの色を見た貴族たちから、思わず囁き声が漏れました。

伝統的なドレスの色は白です。わたくしも、皆も、当然、そう思っていました。まばゆいばかりの純白のドレスを着たナタリア様が歩いてくることを。ですが。

「金色?」

「どうして……」

ナタリア様が身に付けていたのは、豪華絢爛《けんらん》な金色のドレスでした。

元は白いドレスなのでしょうが、金糸が満遍《まんべん》なく刺繍《ししゅう》されているせいで、全体が金色に発光して見えるようです。

「派手というか……」

ルードルフ様も目を点にして呟いています。せっかくの、ナタリア様自慢のストロベリーブロンドも重く見え、華美というよりも装飾過多なドレスでした。胸元を大きく開けて、デコルテを強調しているのはいいのですが、サファイアのネックレスに重ねて、真珠のペンダントを合わせているのは、いただけません。

ドレスを際立たせたいのか、ベールは短く、そのせいで、後ろ姿が物足りなく思えます。

「誰も反対しなかったのですね……」

ドレスの色より、そちらの方が問題だとわたくしは思いました。

ともあれ、結婚式はつつがなく進みました。大神官様に促され、祭壇の前で跪《ひざまず》いたお2人は、誓いの言葉を口にし、大神官様によって結婚を認められました。けれど。

ナタリア様もアレキサンデル様も、一度も笑顔をお見せになりませんでした。


パレードから国王夫妻が戻ってきてしばらくあとに、宮廷で、結婚を祝う豪華な晩餐会が開催されました。わたくしとルードルフ様は、アレキサンデル様とナタリア様に近いお席でした。前王妃ソフィア様もいらっしゃいます。

「素晴らしい結婚の儀でしたね。トゥルク王国にさらなる繁栄があらんことを」

ルードルフ様はアレキサンデル様にそう声をかけます。

「帝国の太陽と誉れ高い皇太子様にそう仰っていただけるとは。光栄至極にございます」

前夜のことなどなかったかのようなアレキサンデル様の振る舞いに、表情にこそ出さなかったものの、わたくしは苛立ちを感じてしまいました。ルードルフ様もにこやかに応じていらっしゃるものの、目は笑っていません。わたくしは、なるべくアレキサンデル様の視界に入らないようにいたしました。できるなら話しかけないでいただけるよう、願いました。

主役のナタリア様は、ずいぶん大人しく、口数少なく座っていらっしゃいます。さすがに疲れたのでしょうか。

それでも、このために真っ赤なドレスに着替えていらっしゃるのはさすがです。

この場では、ナタリア様もアレキサンデル様も笑顔でした。結婚の儀では、表情を緩めなかっただけなのかもしれませんね。

豪華なお料理が次から次へと運ばれてきますが、肝心の会話は、弾むようで弾みません。

「皇太子ご夫妻は、このあと『聖なる頂』に行くと聞きましたが」

アレキサンデル様が、わたくしとルードルフ様に向かってそう仰いました。ルードルフ様が眉をピクリと上げました。が、すぐに穏やかに返します。

「この時期でも冠雪が見られると聞いてね」

「あれほどの標高の山は帝国にもないでしょう」

「そうですね」

恥じる様子もなく平然と会話を続けるアレキサンデル様に、わたくしは内心呆れておりました。ですが、驚きはありません。わたくしは知っているからです。アレキサンデル様の中で、それとこれは別だということを。今までにも似たようなことが、何度もありましたから。

わたくしは目の前のグラスにそっと手を伸ばします。婚約破棄してくださって、本当によかったですわ。思いが口から出ないように、ワインと一緒に飲み込みました。


晩餐会が終わると、大広間に移っての舞踏会が始まりました。

結婚したばかりの王と王妃がファーストダンスを踊るのを見守りながら、わたくしとルードルフ様はぴったりとくっついておりました。ソフィア様とは少しお話いたしましたが、やはり疲れておいでのようで、早々に退出なさいました。もともとふくよかだったソフィア様ですが、さらに浮腫がひどくなっているように感じました。

「……まあ、アグニェシュカ様と」

「驚きですわ……」

ふと、そんなざわめきが聞こえました。見ると、アレキサンデル様が、次のダンスをアグニエシュカ・パデーニ伯爵令嬢と踊るようです。わたくしには関係のないことですが、人々が囁くということは、何かあるのかもしれませんね。繰り返しますが、わたくしには関係のないことです。

そんなふうに、何をするわけでもなく、人の動きを見つめていたわたくしに、ルードルフ様が耳元で囁きました。

「急だけど、今夜からシルヴェン伯爵の別邸に世話になることになったよ」

本当に急な話で驚きました。

「パトリック様の婚約者、アンナ様のご実家ですか？」

「大事なエルヴィラをこんなところに置いておけないからね。昨日の件も、時期を見て正式に抗議する」

ルードルフ様がわたくしの身を思ってくださるのは分かりますが、あちらの準備は大丈夫なのでしょうか。

「いつそんなお話を？」

「リシャルドを通じて、もしよかったらいつでも滞在してほしい、とかねてから申し出があったんだ。さっきシルヴェン伯爵に確かめたら、ぜひにとのことなので、今夜から滞在することにした。『聖なる頂』に向かう馬車も用意してくれるそうだ」

「分かりました」

先方とルードルフ様が納得しているなら、わたくしも反対する理由はありません。正直に申し上げますと、少しほっとした部分もありました。けれど、隣のルードルフ様があまりにも嬉しそうでしたので、思わず伺ってしまいました。

「シルヴェン伯爵のところに伺うのがそんなに嬉しいのですか？」

ルードルフ様は、少しきょとんとされてから笑いました。

「いえ、そうではなくて。この宮殿で、堂々とエルヴィラの横にいられるのが嬉しいんですよ」

「そうなのですか？」

わたくしはあたりを見回しました。わたくしには分かりませんが、ルードルフ様にはそのように魅力的な場所なのでしょうか。けれど、ルードルフ様の仰りたいことはそうではありませんでした。

「今の私とエルヴィラを、帝国の皆にも見せたいな」

「戻ったらいくらでも見せられるではありませんか」

「そうじゃなくて、今ここでエルヴィラを見せびらかしている私ごと、皆に見せたいんだ」

「無茶を仰いますね」

「どこにいたって、あなたは私の自慢の妻なんだから、仕方ありません」

わたくしは、ルードルフ様を見つめて、黙ってしまいました。

ルードルフ様の気持ちに嘘がないことを感じたからです。皇太子妃という身分に守られてお

ります が、今のわたくしはこの国の人たちにとっては、『自分を婚約破棄した相手の結婚式に堂々と出席している、偽聖女の汚名を着た元公爵令嬢』です。

周りの貴族たちは、先ほどから好奇の視線を投げかけるばかりで、まだ、話しかけてはきません。そんなわたくしを、ルードルフ様ははっきりと、自慢の妻だと仰ったのです。

「エルヴィラ?」

そんなルードルフ様の気持ちが、嬉しくて、温かくて、わたくしは微笑みました。

「わたくしもです」

「え?」

わたくしの答えが意外だったのでしょうか、驚いた顔をするルードルフ様に、わたくしは言い添えます。

「わたくしにとっても、ルードルフ様は、自慢の夫です。いつも、どこにいても」

ルードルフ様は、ぎゅっ! とわたくしの手を握りました。

「ルードルフ様!?」

「じっとしてられません! 踊りましょう、エルヴィラ」

「え、あ、はい」

突然申し込まれたダンスに、わたくしは戸惑いながらも応じます。長年の練習の賜物で、周りの注目を浴びながらも、わたくしはそつなくステップを踏みます。

「ダンスで触れる分には、お父様も大目に見てくださいますよね」

ルードルフ様は、踊りながらそう仰いました。

「それはもちろん、そうですが……」

わたくしは思わず言ってしまいます。

「でも、ルードルフ様、結構な頻度で手は握られますよね……」

ルードルフ様が目を丸くしました。

「本当だ……」

「もしかして、無意識だったのですか？」

「全くの無意識の産物でした」

わたくしはおかしくて、笑ってしまいます。そんなわたくしを見つめていたルードルフ様は改まって、

「事後承諾になりますが、ダンスの範囲なら、触れることを許してもらえますか？　そして、その先もいずれ」

そんなことを仰るので、今度はわたくしがドキドキしてしまいました。

「そ、そうですね」

優雅に踊る振りをして、そう答えるのが精いっぱいでした。

ダンスを終えたわたくしたちは、少し休んでおりました。そこに、意外な人物が話しかけてきたのです。

「楽しんでおられますか？」

「これは……アレキサンデル陛下。おかげさまで」

ルードルフ様に話しかけたアレキサンデル様は、次にわたくしの方に体ごと向き直りました。ものすごく嫌な予感がしますが、止めることはできません。アレキサンデル様はにこやかに口を開きます。

「よろしければわたくしと一曲踊っていただけ――」

「あっ……ルードルフ様！」

アレキサンデル様が言い終える前にわたくしは、わざとルードルフ様にもたれかかりました。

「おっと」

ルードルフ様が、難なく抱きとめてくださいます。わたくしは、ルードルフ様のお顔をじっと見つめて言いました。

「申し訳ございません、わたくし、ワインをいただきすぎたようですわ。故郷の味が懐かしくて、つい」

「ああ、エルヴィラ、それはいけないね」

我ながら下手な演技で、死ぬほど恥ずかしかったのですが、ルードルフ様は合わせてくださいました。わたくしの腰に手を回し、アレキサンデル様に仰います。

「妻を休ませたいので、陛下、誠に残念ながらここで失礼します。末長くお幸せに」

けれど、アレキサンデル様は、それでも引き下がりません。

「あ、いや、すぐに近くの部屋を用意する。私が案内しよう」

ルードルフ様は、ふっと剣呑な瞳になりました。それでもすぐに、口元に笑みを作ります。

「ご心配なく、陛下。今夜こそ安全な場所で過ごそうと、すでに準備は万端です。ああ、貴国の騎士たちも十分頑張っておりますよ。ねぎらってやってください」

そして、わたくしの腰を押すように歩き出しました。

本当ならばわたくしもご挨拶するべきだったのでしょうが、気分の悪い振りに乗じて、何も言わずに立ち去ります。

大広間には楽しそうな音楽が鳴り響いておりました。

5章　聖女を冒流しているのはお前たちの方だ

ユゼフは、一度だけ、エルヴィラに会ったことがあった。

聖女候補としてあちこちで祈っている公爵令嬢として、港に来たのだ。

……ここで働く皆様が怪我などなさいませんように。

まだ子供と言っていい年齢だったのに、背筋を伸ばした姿に威厳さえ感じられた。

もともと敬虔な聖女信仰の信者だったユゼフは、そのときからエルヴィラに好感を抱いていた。

そのエルヴィラを偽聖女だと言い切る王の方が、ユゼフには怪しく映った。だから、自分で納得できるまで調べようと思った。

率先して王都に商品を納めに行くようにしたユゼフはなんでもいいから、聖女について聞き込みをした。それで分かったのは、思った以上にナタリアが庶民から人気があったことだ。自分たちの気持ちを分かってくれる王妃様だと期待されていた。

お披露目のときもかなりの人数が集まったようで、酒屋の娘は興奮した表情で、ユゼフに語った。

「遠かったけど、キラキラしていたよ。普通の百合はキラキラしないから、やっぱりあれが『乙女の百合』なんだよ」

だが、珍しい商品をたくさん見てきたユゼフは、それくらいでは納得できなかった。

遠目で見るだけなら、人の力でも作れるのではないか？

例えば、水晶を薄く削って花弁のようにしたら？　そこに金粉を振りかけたら？

もちろん、金も技術もいる。ユゼフの知る限り、それができるのは王都でも1人か2人だろう。でも不可能じゃない。

聞き込みを続けていたユゼフはついに、王都で一番高い技術を持っているのが、ノヴィの店のアドリアン爺さんだと知った。爺さんが、孫の結婚式のために受けた割のいい仕事から帰って来ないことも。だけど。

——ここからどうしたらいいんだ？　俺に何ができる？

ユゼフが無力感にさいなまれていると、エルヴィラがゾマー帝国の皇太子妃になったことを耳にした。帝国で、聖女と認められたことも。

港で働くユゼフだからこそ、知り得た最新情報だった。多くの国民は、まだエルヴィラが偽聖女だと思っているだろう。ということは。

——俺にしかできないことがあるんじゃないか。

本当の意味で、この国のために。ユゼフは煩悶《はんもん》した。

そして、アレキサンデルとナタリアの結婚式の日。

「食材の搬入？　ああ、裏に回ってくれ」

食材の業者になりすましたユゼフは、ついに宮廷に乗り込んだ。

◆◇◆◇◆

宮廷に潜り込んだユゼフは、慎重に移動した。目指すのは厨房《ちゅうぼう》の裏手だった。しかし、やはり緊張していたのか、うっかり反対側に向い、小綺麗な場所に出てしまった。

綺麗に剪定《せんてい》された植木、繊細な彫刻が施された噴水。

見るからに、貴族たちが歩く中庭で、下働きの者がうろつく場所ではない。

ユゼフは急いで引き返そうとした。

「何者だ？」

間の悪いことに噴水の向こうから、数人の騎士が現れた。ユゼフは素早く頭を下げた。

「申し訳ありません。食材を搬入する業者ですが、迷ってしまいました。お目汚し、どうぞお許しください」

「業者だと？」

「はい。恐れながら今日は、いつも以上に食材が必要とのこと。慣れない私のような者まで駆り出されているわけでして。身分証ならここに」

手渡した身分証は本物だった。買ったのだ。

「両手を挙げろ」

言われるままにする。1人の騎士が、ユゼフの服の上から武器の有無を確かめた。

「何も持ってません」

「そうか」

まだ納得のいかない様子の若い騎士に、別の騎士が声をかけた。

「まあまあ、ユリウス。確かに、今日の晩餐は、種類も量もかなりのものだと聞いている。不慣れな業者が迷い込むこともあるだろう」

「誠に申し訳ございませんっ」

ユゼフは、芯からただの商人だ。謝ることには慣れている。それが幸いしたのか、騎士たちは先を急ぐことにしたようだった。

「こっちはお前たちのような者が立ち入る場所ではない。去れ」

「はい！」

冷や汗をかきながら、方向転換したユゼフは急いだ。ユリウスと呼ばれた騎士が最後までこちらを見ていた。


目立たない場所に移動したユゼフは荷車を茂みに隠し、用意しておいたいくつかの革袋を胸元に隠した。協力者から手に入れた警備の服を身に付ける。

そして、今度は迷わないように注意深く、厨房の裏を通り、洗濯場の脇を抜け、厩舎を通り過ぎた。使用人の姿が見えなくなるほど奥に進んだユゼフは、ようやく、頑丈な石でできた小屋を見つけることができた。

「情報屋の言う通りだったか」

買った情報だったので不安だったが、まずは大丈夫なようだ。

扉の前に男が1人、つまらなそうに立っていた。男はユゼフと同じ警備の服を着ていた。男が1人でいることに、ユゼフは内心ほっとした。ユゼフはごく自然に男の元に歩いた。

「誰だ？」

男は眉間にシワを寄せる。ユゼフは呑気な口調で言った。

「おう、差し入れだ。聖女様のご慈悲だとさ、ここで飲むか？　ほら」

ユゼフは胸元から、革袋を出した。チャプンと、中のワインが揺れる。

「上物だぜ？　1人に1つ、支給されたんだ。さすが庶民出身の聖女様だな、ってみんなと話していたんだが、いらないいんなら仕方ない」

「待て待て待て、俺のだ」

男は奪うように、革袋を受け取った。

「おい、破れているじゃないか」

わずかに上部が破れており、そこからワインが滴っていた。

「袋が古かったのかもな」

「もったいない」

男はためらいなく、袋を開けてワインを飲んだ。ごくごくごく、と喉の鳴る音がする。

ほぼ一気に飲み干し、満足そうに口を離した。

「美味い！　こんな上物は初めてだ」

「だろうな。俺のもやろうか？」

「いいのか？」

「ああ、酒は飲めないんだ」

「へっへ、つまらないいな」

男は笑って手を伸ばし、そのまま。

「あれ……？」

前のめりに倒れた。

「お……い、なん……これ……」

ユゼフは男を観察する。男はすぐに眠ってしまった。軽くいびきの音がする。

「すまないな」

ユゼフは男の懐から鍵の束を取り、そこの扉を開けた。


小屋が外から見て大きくないのは、地下に広がっているからだ。石をそのままくり抜いたかのような階段を下りると、その先に牢屋があった。ユゼフは思わず駆け寄った。

「アドリアンか？」

鉄格子の向こうに老人が横たわっていた。怯えた目を向ける。ユゼフは、もう一度聞いた。

「ノヴィの店のアドリアン爺さんだろ？」

「そうだが、あんたは……」

「説明している時間はないんだ。手短に答えてくれ。なぜこんなところに入れられている？何か罪を犯したのか？」

アドリアンは首を振った。声が出にくいようだ。

「悪いことをしてないのに、ここに入れられたんだな？」

アドリアンはしゃがれた声で答えた。

「そうだ。仕事を……しろと」

ユゼフはやはり、と思った。わざわざこんなところに閉じ込めて、人に言えない仕事を、宝飾職人にさせているのだ。

「聖女に関わることか？」

アドリアンは、ゆっくりと頷いた。ユゼフは奪った鍵で鉄格子の鍵を開けだした。

「まずは、ここから出よう。そして元気になってからでいいんで、ここで何をしていたか俺に教えてほしい」

しかし、アドリアンは、まだ怯えた顔を見せていた。ユゼフは自分が警備の服を着ていることを思い出した。

「ああ、そうか、これじゃ信用できないよな……えっと、ハンナさんだ」

「ハンナ？」

アドリアンの声に、初めて力がこもった。

「ああ、お孫さんに必ずあんたを見つけると約束したんだ。一緒に元気な顔を見せに行こう」

ガチャ、と鉄格子が開いた。立ち上がろうとしたアドリアンは、すぐに倒れた。足が痛めつけられているようだった。

「ひどいことしやがる。乗れ」

ユゼフはアドリアンを背負い、出口に向かった。アドリアンは枯れ木のように軽かった。来た道を戻りながら、ユゼフは背中のアドリアンに話しかけた。

「まだ仕事をさせられる予定だったのか？」

「……ああ」

「なぜだろう」

『乙女の百合』の贋作《がんさく》を作っていたにしても、お披露目も終わり、もう用済みではないのか、そう思って聞いたら。

「……壊れた」

アドリアンが呟いた。

「最初の1つは、なんとかなった。でも、それ以来、作る端から……壊れるんだ。天が怒っているんだ」

ユゼフは、やはり、と叫びたい気分だった。

天はこの国の聖女を認めていない。今の聖女は、偽者なのだ。

「爺さん、よかったら、そのことを俺の知り合いに話してくれないか。爺さんに悪いようにはしない。爺さんもこのままじゃ、悔しいだろ」

アドリアンは黙っていた。

「まあ、まずは脱出だ。体を治してからでいい」

ユゼフは、出口の明るい光に向かって足を早めた。門番の男のいびきが、だんだん近くに聞こえてきた。ユゼフは門番を起こさないように、そっと外に出た。門番はまだまだ起きない様子だった。すまないな。でもそのワインは本当に高級だから許してくれ。

外気に触れると、アドリアンが思わずといった様子で呟いた。

「外だ……」

ユゼフはさらに注意深く、進んだ。

「爺さん、あと少し、頑張ってくれ。荷車があるんだ。そこへ」

結婚式はまだ続いており、みんなそちらに気を取られている。今のうちなら逃げ出せる。

爺さんを連れて行くんだ。孫のところへ。

「爺さん、ハンナさんはまだ結婚式を挙げてないんだ。お爺ちゃんが帰ってきてからって」

「……わしのことなど放って幸せになってくれと、ずっと祈ってた」

「残された方は、そういうわけにはいかないさ」

荷車を置いた場所まで戻ってきた。爺さんを袋に入れて荷台に乗せ、

「この布を上にかぶってくれ」

念のため、布を上にかぶせた。あと少しだ。

「よいしょっ！」

ユゼフが荷車を引こうとしたそのとき。

「ようやく、思い出した」

後ろから声がした。

「お前、一度港で会ってるよな？」

ユリウスと呼ばれた騎士が、もう一度現れた。


一度港で会っている。

その言葉で、ユゼフもユリウスのことを思い出した。アレキサンデルが視察に来たとき、一緒にいた騎士だ。

——貴様、聖女様を侮辱するのか!?

災害と聖女が関係あるのか聞いたら、王より先に怒っていた。あのときの短気な騎士か。

「おい、よく見たら、さっきと服が違うな？　どこで手に入れた。何をするつもりだ？」

剣はすでに抜かれていた。どこか幼さの残る顔は、まだ若い。買収に応じるタイプではなさそうだ。金はあるが武器はないユゼフは、なんとかアドリアンだけでも守ろうと、腹を括《くく》る。

「光栄だな。覚えてくれていたのか」

「貴様！　開き直るつもりか？」

「開き直ってないさ。光栄と言っただけだろ」

「今すぐ、こいつを突き立ててやってもいいんだぞ」

ユリウスが剣を上げる。ユゼフは、分かったよ、と両手を上げた。

「何をするつもりか説明するから、話を聞けよ。お前は王に仕える騎士だろう？」

ユリウスが眉を寄せたが、ユゼフは続けた。

「王とはこの国を統べるものだ。ということは、王を守ることでお前はこの国を守っている」

「だから今、こうやって、お前を捕まえようとしている！」

剣先が、さらにユゼフに近付いた。

「怒るなって。何もしないから、ほら」

ユゼフは両手をさらに上げげた。

「国を守って大事にしたいのは、俺だって同じだよ。俺は今日、国のために動いていたんだ。つまり、俺もお前も、やってることは同じなんだ」

「ふざけるなっ……」

ぐい、とユゼフの首元に剣先が当たった。

「この状況ではふざけられないさ」

わずかに血が滲む。もちろん痛いが、顔には出さない。

「なあ、騎士なら最近の災害の多さ、よく知ってるだろ？」

いくらでもサボれたのに、あんな短い出会いを思い出して、怪しい俺を捕まえようとした。

根はきっと、まじめな男だ。短気なのは、自分なりの正義感があるからだろう。

「災害をなくしたい、なんとかしたいと思うだろ？　俺だってそうだ」

「お前みたいな詐欺師《さぎし》と一緒にするな！」

剣先がさらに皮膚を切った。

「……つっ！」

思わず声が出た。傷は深まったが、ユゼフはユリウスの目を見据えたままだ。

「手段は違う。だが、目的は一緒だ。民も国もすでにかなり、疲弊している。食い止めるなら今だ」

ユリウスは黙った。よかった、とユゼフは思った。ここで黙るということは、ユリウスもやはり同じ危機感を覚えているのだ。

「……詐欺師と一緒にするな」

ユリウスは同じ言葉を繰り返したが、少しだけ勢いが弱まった。

「じゃあ、俺のことは詐欺師でいい。捕まえて牢にでも入れてくれ。その代わり、1つだけ、頼みを聞いてくれないか」

「頼める立場だと思っているのか？」

ユゼフはそれには答えず、荷車の上の袋を指差した。

「袋の中の爺さんを、逃してくれないか」

そして、孫のところに、帰してやってくれ。

「袋？　袋の中に人がいるのか？」

驚いた顔をしたユリウスは、剣先を近付けたまま言った。

「ゆっくりと袋を開けて、中身を見せろ。余計なことはするなよ」

ぐい、とユゼフが布を取り、袋の口を広げる。怯えた目をしたアドリアンがそこにいた。

「つまり、罪人を逃がそうとしていたんだな？」

「罪人じゃない。この人は何もしていない」

「悪い奴はみんなそう言う」

ユゼフは言った。ここから先は賭けだ。

「騎士なら、聖女様のお披露目を見ただろう？」

こいつが信じているのは聖女信仰なのか、ナタリアなのか。

「それがどうした」

それによって、結果が変わる。

「あのとき、ナタリア様が持っていた『乙女の百合』は、この爺さんが作ったものなんだ」

「……お前っ！　言うに事欠いてなんてことを！」

ユリウスは、ユゼフの襟首《えりくび》を持ち上げた。さっきの傷口から、血がポタポタ垂れたが、ユゼフは話し続けた。

「王都一の細工職人だったこの爺さんは、逃げないように足を痛め付けられて、贋作を作り続けてたんだ。不思議なことに、贋作は、作った端からすぐ壊れたそうだ。だから、今まで生かされていた」

「そんな話、信じられるか」

「じゃあ、なぜ今回のお披露目はあんなに遠くからだった？　近くで見るとバレるからだろ」

「……警備上の理由だと聞いている」

「あんたは側で見たんだろ？　本物の百合にしては、花弁が硬すぎるように見えなかったか？不自然じゃなかったか」

「知るかっ！　陛下とナタリア様が本物だと言えば、それは本物だろう！　大神官様もいた！　全員嘘をついていたって言うのか？」

「……7枚だ」

かすれ声で、アドリアンが言った。

「……参考に見せてもらった、黄色い花弁の『乙女の百合』は……花弁が6枚だった……」

ユゼフはハッとした。黄色い花弁の『乙女の百合』の花弁が6枚なら、本物の『乙女の百合』の花弁も6枚だろう。それが7枚ということは。

「ナタリア様の百合に、わしは、あえて7枚目を付けた。6枚目と重ねるように。光に透かすとそこだけ白が濃いように」

アドリアンの声は震えていた。

「お前さん……見たんだろ？　どうだった？」

ユリウスは、何も言わなかったが、表情が語っていた。

ユリウスは、アドリアンの作った7枚目の花弁に気付いていたのだ。

「嘘だ！」

ユリウスは、ユゼフをいきなり放し、アドリアンに殴りかかろうとした。

「貴様、聖女様を侮辱しているのか!?」

ユゼフは慌てて、その足を押さえ込んだ。そして叫んだ。

「聖女を侮辱しているのはお前たちの方じゃないか！」

「なんだと！」

ユリウスは、振り向いて、ユゼフを蹴り飛ばそうとした。それでもユゼフは叫んだ。

「爺さんを監禁して、偽物を作らせているのは誰だ！　見て見ぬ振りも同罪だ！　聖女を冒涜《ぼうとく》しているのは、侮辱してるのはお前たちの方だ！」

「うるさい！　うるさい！　うるさい！」

振り解かれまいとしながら、ユゼフは言い続けた。

「聖女なら『乙女の百合』を咲かせられるはずだ！　偽物なんていらないんだ！」

「そんなこと知らねぇよ！」

「目をそらしても、消えるわけじゃないんだぞ」

「黙れっ！」

ユリウスは、力任せにユゼフを吹っ飛ばした。

ユゼフは地面に、衝撃を受けて倒れた。頭がぐらっとして、呼吸が荒くなった。ヤバいな、と思う。動きたくても動けない。

ユゼフは細い声で言った。

「じゃあ、もう……殺せ」

ユゼフは横たわったまま、言った。

「……その代わり、爺さんは助けろ。爺さんを門の外に出してくれ。できれば人通りの多い場所に」

聞き込みをしているうちに、何人かの協力者が現れた。そのうちの1人が、外でユゼフが戻るのを待っている。動きがあれば、察してくれるはずだ。

「自分と引き換えに、老いぼれを助けろって言うのか？」

ユリウスは、理解できないという顔をしている。もちろん、ユゼフだって、死にたいわけじゃない。だが、自分より、アドリアンが生き残ってる方が、証人として、役に立つ。「爺さんは、孫の結婚式に出なきゃいけない。約束したんだ。俺は独り身だからな。子もいなければ孫もいない」

「結婚式？　そんなもので――」

「悪いが」

アドリアンが口を挟んだ。

「殺すならわしにしてくれ」

「なんなんだよ！　お前ら！」

ユリウスは叫んだが、アドリアンは平然と続けた。

「わしが殺されたら、もう偽物は作れない。その方が、長い目で見たら国のためだ」

ユリウスが、ハッとしたような顔をした。アドリアンが頷く。

「……ずっと、怯えていた。こんなことをして、ただで済むわけがない。誰か、あの百合が偽物だと気付いてくれ、そう思ってたんだ」

ああそうかと、ユゼフは思った。だからアドリアンは、危険を冒して花弁を7枚にしたのか。気付いてもらうために。

アドリアンはユゼフを見て言った。

「孫が心配で言いなりになっていたが、お節介なその男なら、なんとかしてくれるだろう。だから、わしを殺せ。そして、そいつを逃がしてくれ」

ユゼフは小さく笑った。こんなときでも笑えるのかと、自分で思った。

「なぜ笑う？」

聞いたのは、アドリアンだ。だって、とユゼフは答える。

「爺さん。それじゃあ、俺が来た意味がないじゃないか。苦労したんだぜ、ここまで来るの」

「意味はあったさ。好き勝手生きてきたつもりだが、最後まで心配してくれる孫がいて、会ったこともないのに助けに来る無鉄砲な奴がいて。人生の終わりに十分な贈り物をもらった」

だから、とアドリアンはユリウスに再び言った。

「殺すならわしだ。分かったな？」

「待て」

ユリウスが困惑した声を出す。

「お前らは知り合いじゃないのか？」

アドリアンが答えた。

「いや、今日、初めて会った。そいつは、ただの無鉄砲野郎だ」

助けようとしたアドリアンにそう言われるのは心外だったが、その通りなので、ユゼフは言い訳がましく呟いた。

「会うのは初めてだが、探っているうちに、爺さんの作品をいくつか見せてもらった。見事だった。人の心を揺さぶるものばかりだった。あれを見たら、もう知り合いみたいなもんだ」

「光栄だね」

「……正気か？」

ユリウスは呆然と呟いた。

「知り合いでもないのに、どうしてそこまでできるんだ？　お前ら、頭がおかしいのか？」

「俺から見たら、おかしいのはお前だよ」

「何？」

「このままじゃ、最悪のことになるのに、どうしてぼんやりしてられるんだ。目を覚ませ」

ユリウスは剣を握り直した。

「なんでお前ら、そんなんなんだ？　俺は騎士だぞ？　剣を持ってるんだぞ？　怖がれよ。泣いて助けを求めろよ」

「残念ながら、怖くはないな」

ユリウスが、剣を大きく振り上げた。

「だったら、望み通りに殺してやるよ、それでいいんだろ？」

「爺さんはやめろよ！」

アドリアンに刃が向けられないように、ユゼフは再びユリウスにしがみつこうとしたが、体に力が入らなかった。

ユリウスの剣はユゼフと違う方に向けられた。やめろと言う間もなく。

――ざくっ。

鈍い音がした。

「お前……」

見ると、ユリウスが、剣を地面に突き刺してうずくまっていた。

ユリウスは、ゆっくりと、顔を上げた。その目は濡れていた。

「俺だって……」

ユリウスは、水をすくうように、両手のひらを丸めて上に向けていた。その手は、小刻みに震えていた。

「俺だって、災害が収まらないのは、どうしてだろうと思っていたさ。でも、そのたびに、大したことじゃないと、思ってきた。そう言われてきたからだ」

ユリウスは自分の両手を眺めたまま、呟いた。

「でも、確かに、花弁は7枚あった……それは、この目ではっきり見たことだ」

ユリウスは、ぐいっと涙を手で拭った。

「知りたくなかった……でも、知ってしまったからには、知らない頃には戻れない」

どうすればいいんだ、とユリウスは聞いた。

6章　これがわたくしにできる、最善だったのです

結婚式の次の日。早速、わたくしたちは『聖なる頂』へと出発しました。

と言っても、直接登ることはできません。フレグの町にあるグレの山、その中腹にある小さな神殿が今回の目的地でした。馬を使わなくては登れませんので、わたくしも乗馬服姿です。

「エルヴィラ様、こちらを」

ラルフという若い騎士が馬を連れてきてくれました。

「大人しい馬だと聞いております」

わたくしは、その子をそっと撫《な》でます。

「いい子ね。よろしくね」

ぶるる、と鼻息がかかりました。

馬に乗って移動を続け、勾配《こうばい》がきつくなってきた頃に、神殿に到着します。もう一度ラルフに馬を預け、わたくしはルードルフ様と一緒に神殿に向かいます。

けれど、その前に思わず足を止めました。

「ああ、これは……」

そこからは、向かいの『聖なる頂』が一望できました。白い雪が連なった山陵は、何度見ても見事です。ルードルフ様が感嘆の声を上げます。

「本当に雪が残っているんだ」

「はい。夏でもそのままなので、山の民はあの冠雪をとても神聖視しております」

わたくしも胸をいっぱいにして答えておりますと、

「ようこそいらっしゃいました」

山の長老、ワドヌイ様がわたくしたちを出迎えに来てくださいました。

日に焼けたお顔に刻まれた皺《しわ》が、ほんのわずかに深くなった気がいたしますが、それ以外は昔から変わらないワドヌイ様です。今日も、張りのあるお声で仰いました。

「帝国の皇太子ご夫妻に足を運んでいただけますこと、光栄でございます。神官も定住していない小さな神殿で、ご不便をおかけすると思いますが、ご容赦ください」

「いいえ、こちらこそ本日はご無理を申しました」

ワドヌイ様は、やさしい目で仰います。

「本当のところを申し上げますと、元気なお姿を拝見できて嬉しく思っております。皇太子妃様に申し上げるのは失礼かもしれませんが、あの小さかったエルヴィラ様が……すっかり大人になられて」

「ありがとうございます……ワドヌイ様」

ほっとしたわたくしは、あらためてワドヌイ様に質問いたしました。

「山崩れが起きた場所というのは、どちらでしょうか」

ワドヌイ様が『聖なる頂』の左下を、すっと指差します。

「あそこです」

見ると確かに、なだらかな山陵の一部が欠けています。そこだけ冠雪が途切れていました。

「そのときは、雨も降っていませんでした。崩れるわけがないのです。明らかに異変です」

ルードルフ様が、尋ねます。

「山の民やワドヌイ殿は、その原因をどうお考えですか？」

「もちろん、聖女様への信仰が薄れたことが原因と思っております。山の民の信仰が薄れたのではありませんよ。国全体の信仰がです」

「申し訳ございません」

「エルヴィラ様が謝ることではありません。ここでは、エルヴィラ様を悪く言う者は誰もおりませんよ」

「誰も？」

ルードルフ様が眉を上げます。

「誰も、です。エルヴィラ様はお小さい頃から、ここへ何度も、足を運んでくださいました。その姿に我々は、エルヴィラ様こそ聖女だと確信を抱いておりました。人間、一度抱いた確信は、なかなか変わるものではありません。それでなくても、山の民は頑固です。我々はエルヴィラ様が咲かせた百合こそが、本物の『乙女の百合』だと今も思っています。エルヴィラ様が帝国の聖女様になられたと聞いて、みんな本当に祝福しているのですよ」

わたくしは胸が熱くなりました。一方的に汚名を着せられたわたくしの無実を確信してくださる人々がいるのです。ワドヌイ様はさらに仰いました。

「山の民の総意としては、山が崩れた原因は他にもあると思っています」

「というと？」

「一度もここに来ないのに、聖女を名乗るナタリア様というお方のせいだと」

ワドヌイ様は、いびつになってしまった『聖なる頂』を眺めます。

「あそこは墓標《ぼひょう》でもあるのです。代々の聖女様は亡くなるとあそこに葬られます。仮にも聖女を名乗る方が訪れないなどあり得ません」

「墓標？」

ルードルフ様は驚いたようでした。ワドヌイ様が説明します。

「もちろん、すべての聖女様が葬られるわけではありません。ご自分のご家族と同じ墓地に眠る方もいらっしゃいます。ただ前聖女のリディア様は、こちらに葬られていらっしゃいます」

ルードルフ様は、もう一度『聖なる頂』に体を向け、仰いました。

「聖女様に黙祷《もくとう》してもよろしいですか？」

「ぜひ」

ルードルフ様と一緒に、わたくしや騎士たちも黙祷いたしました。前の聖女様は、今のわたくしたちをどう思っていらっしゃるのでしょう。そんなことを、ふと思いました。

終わると、ルードルフ様は仰いました。

「エルヴィラ、引き留めてしまって悪かった。ワドヌイ殿、よろしく頼む」

「お任せください」

いよいよ、神殿に入ります。

簡単にですが、手と顔を清めさせていただいたわたくしは、ワドヌイ様に続いて、神殿に足を踏み入れました。王都や街の神殿は、大理石でできているものが多いのですが、ここは木で建てられております。ぎいっと、床が軋みました。

「何もありませんが、掃除をして、蝋燭《ろうそく》に火を灯してあります。エルヴィラ様の気が済むまでお祈りください」

「ありがとうございます」

「私は後ろで、エルヴィラを見守っている。外には騎士たちがいるから安心してくれ」

クリストフと警備の打ち合わせを終えたルードルフ様が仰いました。

「ルードルフ様も皆様も……本当にありがとうございます」

わたくしはお辞儀をしてから、神殿の中央へと進みました。けれど、建物が小さいので、すぐに辿り着いてしまいます。それすらかわいらしく、愛しくて、わたくしは微笑みを浮かべて歩いていきました。

幸せだったのです。ここで、こうやって祈れることが。

いろんな方の手を煩《わずら》わせてしまいましたが、トゥルク王国で、一度だけ祈ること。それが、今回の訪問の目的でした。

わたくしは自分の生まれた国に対して、何を、どこまでするべきか、何度も何度も考えておりました。そして出た結論が、何もしない、です。

わたくしは今日のこの祈りを最後に、故郷と決別いたします。もちろん、この国の行く末についての、心配事は尽きません。けれど、わたくしは追い出された身。元より何かできる立場ではないのです。

とはいえ、放っておいたら、この国はどうなることか。その思いは最後までわたくしを揺らしました。どれほど割り切ろうとしても、災害で苦しむ民を思うたび、胸が痛みました。

そんなわたくしの苦しみに寄り添ってくださったのは、やはりルードルフ様でした。

トゥルク王国を訪問する前、ルードルフ様はわたくしにこう仰いました。

――パトリック王弟殿下に、王になってもらいましょう。

なんてことを！

聞いたときは、恐ろしくて震えました。けれど、アレキサンデル様に任せておいては、この国は大神官様率いる神殿の上層部の思うままにされてしまうのは確かです。

――もちろん、帝国としては、表立った内政干渉はしません。まあ、危ういラインは踏むかもしれませんけどね。

そう言ってルードルフ様は、わたくしのお父様と相談の上、リシャルドお兄様を秘密裏に呼び戻しました。王国に戻ってきたリシャルドお兄様は、庶民の振りをして、可能な限りの情報を集めました。

それを元に、いくつかの密約が交わされました。

公にはまだ、動きはないでしょうが、わたくしたちがゾマー帝国に戻ったあと、アレキサンデル様の地位はかなり不確かなものになることでしょう。前王陛下と自分を比べるからという理由で、古くからいる家臣たちをどんどん追い出したのも悪手でした。足元が崩れているのに、アレキサンデル様は気付いているでしょうか。

気付いていないでしょうね。

そんなことを淡々と考えるわたくしは、やはり冷たいでしょうか？　そうかもしれません。

けれど、これがわたくしにできる最善なのです。アレキサンデル様にではありません。

民への、です。

……あるいは、そう思いたいだけかもしれませんが。

いつの間にか、祭壇のすぐ前に来ました。わたくしは膝を折ります。蝋燭の火とともに、影が揺れました。

「始めます」

わたくしは、祈りを捧げようとしました。けれど、そのとき、外が騒がしくなり、突然扉が開きました。

「やはり、ここにいましたか」

「大神官様？」

大神官様がそこにいらっしゃいました。扉は開いているものの、騎士たちは槍で、大神官様を遠ざけております。大神官様は仰います。

「警護の者たちを退けるように言ってください。神殿では私が最高位です」

「しかし」

「ルードルフ様」

わたくしが声をかけたので、ルードルフ様はため息をつきつつも、合図しました。騎士たちは油断はしていないものの距離を取ります。ワドヌイ様が、大神官様に聞きます。

「いつの間にいらっしゃったのですか」

「さっきだ。それより、ワドヌイ、勝手なことをしては困るな」

「ここの留守は私が預かっているはずです。いらっしゃるならそう仰ってくださらないと」

「まあいい。それよりエルヴィラ様、即刻祈りを中止してください」

ルードルフ様が怒りを隠さず仰いました。

「なぜそんなことを言われなくてはならない」

「するなとは言っていません。あとにしてほしいのです。こちらの聖女様が先に祈るべきなので」

大神官様がスッと横に移動しました。隠れて分かりませんでしたが、そこには、ナタリア様がいらっしゃいました。

「ナタリア様？」

アレキサンデル様の姿は見えません。どうやら、大神官様とナタリア様が供を連れて、こちらの神殿にいらっしゃったようです。

ナタリア様は、珍しく、あっさりとしたデザインの赤いドレスをお召しになっていました。向こう側が透けて見えるほど薄いストールを一枚、肩にかけており、それも赤です。その格好でどうやってここまで登ってきたのか、どうでもいいことなのですが、少し気になりました。

大神官様が、唇の端で笑いながら仰います。

「皇太子妃殿下には申し訳ありませんが、我が国の聖女様より先に祈ることはお許しできません」

「先に来ていたのはエルヴィラだ。帝国の聖女であるエルヴィラが先に祈る権利がある」

「ルードルフ様」

わたくしは言いました。

「わたくしとしては、ナタリア様が先に祈ってくださって結構です」

「だが」

「ナタリア様が初めてこちらで祈りを捧げるのですから、邪魔をしたくはありません」

「さすがエルヴィラ様、もの分かりがいい――」

「ナタリア様」

大神官様の言葉も聞かず、わたくしはナタリア様に話しかけました。

「結婚式と披露宴では、結構なおもてなしありがとうございます」

「……こちらこそ、遠いところをありがとうございました」

ナタリア様は小さな声でそれだけ仰いました。大神官様が促します。

「それではナタリア様、こちらへ」

「お待ちください」

わたくしは、背筋を伸ばし、お2人を正面から見据えます。

「ナタリア様、大神官様」

我ながら、声が低くなりました。

「お2人は、何か大事なことを失念しておりませんか」

「だ、大事なことだと？」

「大神官様、ご存じないとは言わせません」

「な、何がだ」

「この『聖なる頂』が崩れて、もうかなりになるのに、ナタリア様はこちらを訪れておりませんね？　なぜですの？」

わたくしの問いに、大神官様もナタリア様も黙り込んでしまいます。

「神殿としては、率先して、聖女様を遣《つか》わさなくてはならないのではないのでしょうか」

「それは……まあ、そうだが……」

大神官様が要領を得ないことしか呟かないので、わたくしはナタリア様に向き直ります。

「ナタリア様」

能面のように表情を動かさず申し上げました。

「わたくし、申し上げましたよね？　聖女として、王妃として、この国を、しっかり守ってくださいませ、と」

忘れもしない、婚約破棄のときです。

「あなたがこの国の聖女で、王妃なのですよ？　民は待っておられるのですよ、あなたを」

「そんなことナタリアに言われても……」

「あなたでなければ、ほかの誰に言うのです」

山の民は、いいえ、国中のどの民も、災害が起こったとき、まず聖女であるナタリア様に来てほしかったはずです。それが、支えというものです。

「今すぐ、どうぞお祈りを捧げてください。それこそが、この国に、民に必要なことではありませんか」

それに比べたら、わたくしの祈りなど些末なものです。

「さあ、どうぞ」

わたくしは、心からそう申し上げました。しかしナタリア様は、なぜか固まって動かなくなってしまいました。それを見たルードルフ様が仰います。

「エルヴィラの言う通りですね。私も前言を撤回します。聖女ナタリア様が民のために祈ってくださるのを、咎めようとした私をお許しください」

「……いや、そんな」

大神官様が、毒気を抜かれたように大人しく仰いました。そうだ、とわたくしはナタリア様に確認します。

「もちろん、ワドヌイ様や山の民の皆様には、あとでご挨拶に行かれるのですね？」

「もちろんですよ！」

大神官様は作り笑顔でそう答えました。

「そうなのですか？」

ワドヌイ様が眉を寄せて、お聞きになります。

「そうだ。ワドヌイ、あとで民を集めてくれ」

「……かしこまりました」

そして、大神官様はわたくしに仰いました。

「ナタリア様のあとでよければ、妃殿下も祈ってください」

「いえ、わたくしは別に」

「まあそう仰らず。せっかくこんな遠いところまでいらっしゃったのですから。おっと、準備が必要なのでこれで」

大神官様が、慌ただしい様子で、変わった蝋燭を懐から取り出しました。読めない文字のようなものが書かれています。せっかく火がついていた燭台の蝋燭から、それに火を移しました。

「そちらは？」

質問しますと、大神官様は、嬉しそうに笑いました。

「ナタリア様はかなり練習されて、いにしえの祈りの儀式を身に付けたのです。これはいにしえの祈りのための蝋燭なのです」

「いにしえの祈り？」

初めて聞きました。

「ご存じないのも無理はありません。ナタリア様が、自分にできる祈りの形を知りたいと仰るので、こちらを伝授しました。ナタリア様の練習の成果をどうぞご覧ください」

わたくしは驚きました。

「まあ、だとしたら、わたくし、先ほどは失礼を申し上げましたわ」

ナタリア様が祈りの練習をするほど熱心になっていたとは、思ってもおりませんでした。

もしかして、聖女の役目に目覚めてくれたのでしょうか。

例え、百合が本物でなくても、真剣に自分の欲を捨てて祈ることができれば、天に通じるかもしれません。

「いえいえ、こちらこそ、エルヴィラ様の祈りを中断させるようなことを言いましたからな」

いつにない愛想のよさで、大神官様が仰います。

「ナタリア様が今まで各地を訪れていないのも事実ですので」

ワドヌイ様が言い添えます。それは確かにそうですね。

「ナタリア様のいにしえの祈り、ぜひ拝見したく存じます」

そう申し上げますと、ナタリア様は少し複雑そうな顔をしました。どうしたのでしょうか。

「では、始めましょうか」

けれど、大神官様のその声で、ナタリア様はスッと移動しました。期待を胸に、わたくしはナタリア様を見守ります。

「おお」

どよめきの声が上がりました。

「これが祈り？」

ルードルフ様がそう呟きましたが、わたくしも同感です。その動きは祈りというより、むしろ踊りでした。けれど。

「踊りで、天に祈りを捧げるというのを、聞いたことがあります」

これはこれで、やはり祈りなのだろうと思いました。

優雅に跪いたかと思ったら、そっと立ち上がり、天に祈りを捧げるように両手を上げ、そこから何も見ずに、まっすぐ後ろに7歩下がりました。ためらいがあればフラつくはずですが、それがないので、いかに練習してきたのかが分かりました。そして、下がるとまたすぐに跪き、これらの組み合わせを繰り返した独特の祈りでした。

美しい、とわたくしは思いました。

こんな真剣な顔のナタリア様は見たことがありません。ストロベリーブロンドの髪を振り乱していますが、それすら美しいと思いました。

そして、祈り終えたナタリア様は、息を整える間もなく、

「エルヴィラ様」

とわたくしに声をかけました。

「先に祈った非礼をお許しいただけるなら、どうぞ、今からお祈りしてください」

わたくしは思わず呟きました。

「ナタリア様ですよね……？」

「そうですけど」

今までと別人のような言葉遣いと態度です。

「お気持ちはありがたいのですが、わたくしはナタリア様のような、いにしえの祈りはできませんので」

「普通ので大丈夫です」

そうなのですか？

わたくしがためらいを見せておりますと、ナタリア様は、

「あ、ナタリアとしたことが、すみません」

と、ご自分がいた場所をご覧になり、

「汗が落ちたので、しばらくお待ちください」

と、従者に指示して、拭わせました。

そんな気遣いまで!?

「どうぞ」

「ありがとうございます」

そこまでしていただいたのを遠慮するのも失礼かと思い、わたくしも自分の祈りを捧げることにしました。といっても、わたくしのは膝をついて、頭を下げて、手を組んで、ただただ一

心に祈るだけです。

見ていて面白いものではないのですが、大神官様とナタリア様は、後方でそれを見学していました。もちろん、ワドヌイ様とルードルフ様、クリストフやラルフなど騎士の皆様も見守ってくださいます。

祈りを捧げていると、いつも時間の感覚を忘れてしまいます。どれほどの時間が過ぎたのか分かりませんが、わたくしは顔を上げました。

気持ちは満たされておりました。

この国を離れる寂しさも、今は消えております。

祈りの中で、わたくしはすべてのものとひとつでした。その感覚さえあれば、離れていても故郷を感じることができるでしょう。わたくしはゆっくりと、立ち上がろうとしました。

けれど。

「エルヴィラ！」

「エルヴィラ様！」

どうしたのでしょうか。

視界が暗くなり、力が抜け。

わたくしは、その場に崩れ落ちてしまいました。

7章　我が国の聖女様に必要なことかもしれません

崩れ落ちるエルヴィラを見たルードルフは、何が起こっているのか分からないまま、その体を支えるために駆け出していた。

しかし、寸前で間に合わなかった。

「エルヴィラ！」

ルードルフが手を伸ばしたその先で、エルヴィラは倒れた。

クリストフが叫んだ。

「エルヴィラ様がお倒れになった！」

ほかの者がそれに反応する。

「医者を呼べ！」


そこから、エルヴィラはずっと目を覚まさなかった。

熱もない。呼吸も乱れていない。ただ眠っているように見える。

山の民の知恵を持ってしても、ふもとの薬草医に見せても、原因が分からなかった。

フレグの町では十分な治療ができないということで、エルヴィラは宮廷で療養することになった。ワドヌイとルードルフは、お互い憔悴《しょうすい》し切った顔で、別れを告げた。

「お力になれず、申し訳ございません……」

「いや、ワドヌイ殿はよくしてくれた」

「ずっと、エルヴィラ様のために祈っておりますので」

「……頼む」

一足先に帰った大神官と王妃ナタリアが、その場に居合わせた責任を感じるからと、寝台ごと運べる馬車をよこした。その馬車の中で、ルードルフは思わず呟いた。

「不慮の事態なのに、よくこんな馬車が用意できたな」

そして、自分の手を痛いほど握りしめた。

「胡散臭《うさんくさ》いが証拠がない……くそっ！」

「ルードルフ様、申し訳ありません」

「我々が付いていながら」

何度目になるか分からない謝罪の言葉を、同乗していたクリストフとラルフが言った。だが、ルードルフはそれを咎めることができない。一番近くにいて何もできなかったのは自分も同じだからだ。目を真っ赤にしたラルフが小さな声で呟いた。

「絶対、あいつらが何かやったに決まってるんだ……」

だが、大神官とナタリアがエルヴィラから離れていたのは、ルードルフ自身の目で確かめている。エルヴィラが倒れたとき、ワドヌイが止めなければ、ルードルフは大神官に襲いかかっていただろう。おそらくは、それすら相手の思う壺《つぼ》なのだ。

ルードルフは今回のことに無関係ではないはずのアレキサンデルへの怒りを、その身にたぎらせていた。

そして、自分自身への怒りも。


「原因不明です」

トゥルク王国でエルヴィラを診察した侍医は、眠っているエルヴィラに万が一聞こえてはいけないからと、わざわざ別室にルードルフを呼び出してそう言った。

「それを調べるのが医者の仕事ではないか」

その割に進展がなかったので、ルードルフは苛立ちを隠せなかった。年取った侍医は、飄々《ひょうひょう》と答えた。

「そう言われましても……原因不明は原因不明なので、そうとしか言えないのです」

「それならそれでいい。とにかく治せ、治してくれ」

「原因が分からないから、治療法も分かりません。ただ寝かせておくほかありません」

「分かった……では帝国に連れて帰ろう。世話になった」

侍医がルードルフの腕をつかんで首を振った。

「いけません」

「なぜだ？」

「動かしていいかどうかも分かりませんので」

「だが、このままではどうにもならないんだろう？」

「はい。原因が分かりませんので」

ルードルフは侍医の手を振り払った。

「もういい！」

「あっ、お待ちください」

これでは話にならないとルードルフは、エルヴィラのいる寝室に戻った。ところが複数いるはずの騎士の姿が見えない。

「ラルフ？　エルヴィラの様子はどうだ」

不思議に思って天蓋を開けると、そこに眠っているはずのエルヴィラがいなかった。

「エルヴィラ?」

ルードルフは心臓が跳ね上がるほど大きく動くのを感じた。これはどういうことだ? 何が起こっている?

そこにクリストフが戻ってきた。

「ルードルフ様、こちらでしたか。エルヴィラ様の移動は終わりました」

「――どういうことだ?」

怒気を孕《はら》んだ表情に、クリストフは怪訝《けげん》な顔をした。

「……ルードルフ様のご命令通り、別室に移動させましたが」

「そんなことは言ってない」

「え」

「聞こえなかったか? そんなことは言ってない」

クリストフは真っ青になった。

「エルヴィラ様の病気は伝染する可能性があると侍医に言われたので、病室を移動させるようにルードルフ様が命じたと……」

「私は今ここに戻ってきたところだ。医者は原因不明としか言わなかった!」

ルードルフは部屋から飛び出しながら言った。

「どこに移動させた！　早く案内しろ」

クリストフが追いかけながら、説明した。

「あちらの角の部屋です！」

クリストフが示した部屋の前に立っていた騎士たちは、ルードルフを見ると敬礼した。

「どけ！」

ルードルフはもどかしい思いで、扉を開けた。しかし遅かった。

——部屋には誰もいなかった。

自分たちはエルヴィラを守っていると思い込んでいた騎士たちは驚愕《きょうがく》した。

「誰だ!?」

ルードルフは全員を睨みつけて叫んだ。

「誰が私を騙《たばか》った!?」

呆然としたクリストフが言った。

「……ラルフです」

「ラルフが？」

それを聞いたルードルフは、エルヴィラが倒れたとき目を真っ赤にして泣くのを我慢していたラルフの姿を思い出した。あのラルフが？　騎士たちも口々に言った。

「ラルフは、その……エルヴィラ様の信奉者でしたので、まさかエルヴィラ様に害をなすとは思っておらず」

「看護兵士たちも、ルードルフ様に伝染病が移ってはいけないから、ルードルフ様のための措置でもあると」

「……誰もエルヴィラに付いていなかったというのか」

「いえ、看護兵士が1人だけ中に入っていいと言ったので、1人が側に付いていていました」

「誰だ」

「……ラルフです」

◆◇◆◇◆

「本気ですか？」

「向こうがその気なら仕方ない。もう少し時間をかけて穏便な方法をとるつもりだったが、今すぐアレキサンデルをあの地位から引きずり下ろしてやる」

クリストフと2人きりになったルードルフは、淡々と言った。

「原因不明と言いながら、伝染する可能性があるとする。そんな言い訳が通用すると思われて

ると は、舐《な》められたものだな」

「しかし、まずはエルヴィラ様を確保することが第一ではないでしょうか」

「反対か？」

「いいえ」

クリストフはなるべく冷静になるように努めて言った。

「エルヴィラ様を取り戻したのち、帝国を甘く見たことを後悔させてやりましょう。徹底的に」

「……リシャルド殿に連絡をとってくれ」

クリストフは頷いた。

◆◇◆◇◆

その夜。

「みんな！　わしのおごりだ！　飲んでくれ！」

王都の外れにあるバルは、大盛り上がりだった。アドリアンの孫の結婚式が無事に行われたのだ。幸福の余韻冷めやらぬアドリアンは、バルで誰彼構わず、酒を振る舞っていた。

「爺さん、飲みすぎだぜ」

端の席に座っていたユリウスが、呆れたように言った。しかし、ユゼフは知っている。仕方なく参加したという顔をしているユリウスが、わざわざ休みを取って来たことを。

ユゼフは明るく言った。

「祝い事だ、いいじゃないか。お前も飲めよ」

「いや、いい」

騒がしいのは嫌いなのかとユゼフがユリウスの顔を見ると、

「お前……一杯目でそれか？」

すでに真っ赤だった。ユゼフは店主が運んできた水を、ユリウスに手渡した。

「これでも飲んどけ」

ユリウスは大人しく頷いた。よほど弱いのだろう。

「じゃあ、これは俺が」

余った杯をユゼフが取ろうとしたら、

「いただき」

と、背後から手が伸びた。

「レオン、来てたのか」

振り返ると、情報屋のレオンがそこにいた。一見ただの優男なのだが、なかなか詳しい情報を持っているのだ。

「今来たとこだ」

レオンは笑って、杯を一気に空けた。

「全部飲みやがったな」

ユゼフは顔をしかめたが、レオンは笑った。

「親切だよ。お前だって飲みすぎはよくないだろ。また治りが遅くなるぞ」

包帯が巻かれたユゼフの首の傷のことだ。

申し訳なさそうに縮こまっているユリウスのためにも、ユゼフは軽く言った。

「もう治った」

「早いな」

あの夜、門の外でユゼフを待っていたのはレオンだった。

血だらけのユゼフに驚きながらも、この程度で済んでよかったと手当てしてくれた。情報屋から医者まで、1人何役もして忙しい、と笑いながら。

そうだ、アドリアンが捕まっていた牢屋の場所の情報は、レオンから買ったのだった。

情報屋が情報源を明かすことはないにしろ、いったいどうやってあんな場所――

「そうだ！　うちのハンナは王国一だ！」

アドリアンのご機嫌な声に、ユゼフの思考は中断された。

「もう一度乾杯だ！　みんな杯を持て」

周りはまた盛り上がった。

「ユリウス、お前はこれにしろ」

ユゼフが、ユリウスには新しい水を持たせる。

「レオンは次に何を飲むんだ？」

そう振り向いたら、いつの間にかレオンがいなくなっていた。忙しいのだな、とユゼフはそれ以上考えないようにした。アドリアンが叫ぶ。

「乾杯！」

ただの水を飲み干したユリウスは、それでも満足そうに、ユゼフにぼそりと呟いた。

「騎士団を辞めようと思うんだ」

そうか、とユゼフは頷いた。

「これからどうするんだ？」

「分からない。父にもまだ話してない」

その「父」が騎士団長であることも、本当ならこんなふうに一緒に飲むことはない身分であることも分かっていたが、それでもユゼフは言った。

「追い出されたら、港に来ればいい。いくらでも仕事を紹介してやるぜ。お前さん、体は丈夫そうだ」

ユリウスは一瞬動きを止めて、ユゼフを見た。そして笑った。

「それもいいな」

「その代わりビシバシいくぞ」

「おっさんよりは動けるさ」

「なんだと」


誰にも気付かれずにバルを出たレオンは、薄暗い路地で老人からメモを受け取った。

「確かに」

金貨を1枚渡すと、老人はすぐに消えた。メモを読んだレオン——リシャルドの目付きが一気に鋭くなった。

「妹は頼むと言ったはずだぞ……義弟殿」

そして再び歩き出した。

◆◇◆◇◆

さらわれたエルヴィラは、隠し通路を使い、東の塔に運ばれた。

そこでは、秘密を守れる、訳ありのメイドが世話係として待機していた。子供が病気のために、お金が必要なのだ。

アレキサンデルは、こまめに足を運んだが、エルヴィラは、ずっと眠っているだけだった。

「起きないな」

堪え性のないアレキサンデルは、すぐに大神官を呼んだ。

「起きないんだ」

「知りませんよ」

「すぐ起きると言っていたじゃないか」

「体の調子にもよるんじゃないですか。あの騎士はすぐ起きたでしょう」

「そうだったな。じゃあ、エルヴィラはなぜ起きないんだ？　死ぬのか？」

「これで死んだことがあるとは聞いていませんが、なにぶん人それぞれですので。前にも言いましたが、必要以上に触れないでくださいよ。どんな副作用があるか分かりません」

エルヴィラが倒れた原因は、あのとき大神官が灯し替えた蝋燭だった。芯に、とある植物の抽出液が染み込ませてある。熱することによって、近くにいるものは成分を吸い込む仕組みになっていた。

芯のどの位置に染み込ませるかで、近くにいていい時間といけない時間を調節できる。

ナタリアが祈っていたときは何もなく、エルヴィラが祈り出したら蔓延《まんえん》するように調節されていた。ナタリアが一生懸命練習したいにしえの祈りは、単なる時計代わりだった。

さらに大神官は念のため、床に落ちた汗を拭《ふ》く振りをして、抽出液をさらに布で押し広げておいた。エルヴィラの祈りの姿勢は、よく知っている。膝をつく部分だけでよかった。

そうして眠ったエルヴィラは、時間が経てば起きるはずだった。

アレキサンデルは、中に液体の入った小さな瓶を眺める。大神官から渡されたものだ。

「目が覚めたら、この液を飲ませたらいいのだな」

「はい。飲み物などに混ぜて与えてください」

「それを飲み終わってから、私が目の前に現れると」

「エルヴィラ様は陛下のことしか考えられなくなるでしょう。これはそういう薬なのです」

「楽しみだな」

「そうですね」

「あの騎士も面白いほど、こちらの言う通りに動いたな」

ラルフのことだった。アレキサンデルは満足げに言った。

「大神官、なぜこんないい薬があることを言わなかった」

大神官は答えに詰まった。だが、すぐに笑顔を作った。

「陛下だって、こんな薬がほしいなんて言わなかったじゃないですか。お互い様です。秘薬ですので、聞かれなくては言えませんよ」

それもそうだな、とアレキサンデルは、ご機嫌になってエルヴィラが目覚めるのを待った。

◆◇◆◇◆

ゾマー帝国には、エルヴィラが倒れたことはまだ、伝わっていなかった。だから皆、自分たちの女主人の帰りを待ち遠しく思っていただけだった。それなのにローゼマリーは、突然、自分が今すぐ神殿に行かなくてはいけない気がして立ち上がった。

「ローゼマリー、どうしたのですか?」

それまで一緒に刺繍をしていたローゼマリーが急に動き出したものだから、クラッセン伯爵夫人は驚いた。

「クラッセン伯爵夫人、神殿に行きましょう」

「神殿? 何をしにですか?」

ローゼマリーはもどかしそうに告げた。

「もちろん祈るのです！」

「今から？　なぜ？」

「なぜだか分からないのですが、どうしても今エルヴィラ様のために祈らなくてはならない気がするのです！　行きましょう！　伯爵夫人！」

理由は全く分からなかったが、女主人の名前を出されては、クラッセン伯爵夫人も止められなかった。ローゼマリーは、最低限の供を付けて神殿に向かった。

話を聞いたエリックは、急な訪問を怒りもせず、突飛な話を笑いもせず、ローゼマリーの願いを聞いた。

「気の済むまで祈ってください。その衝動を止める権利は誰にもありません」

「ありがとうございます！」

ローゼマリーを見送りながら、エリックは呟いた。

「……その祈りこそが、我が国の聖女様に必要なことなのかもしれません」

エリックは神殿の温室に置いてあった『乙女の百合』が、昨日、一斉に枯れてしまったことを思い出した。

もちろん、そのことは、エリック以外、まだ誰も知らない。

◆◇◆◇◆

ゾマー帝国に一部始終を知らせたルードルフは、行き違いで送られてきたエリックの手紙で、帝国の『乙女の百合』が枯れたことを知った。

――聖女様にお変わりないでしょうか。

この一文になんと答えたらいいのか。

ルードルフは机の上で、思わず手紙を握りしめた。もちろん、エルヴィラがいなくなった件について、ルードルフはアレキサンデルに何度も、強く抗議した。

しかし、王は知らぬ存ぜぬで通した。

武力の行使をちらつかせても効果はなく、挙げ句の果てに、外から入ってきた賊の仕業《しわざ》だ、王国としても全力を挙げて探しているなどと、ふてぶてしく言う始末だ。

そんな手薄な警備なのかと問いただしても、誠意の見えない謝罪を繰り返すばかり。全く話にならなかった。

「恥を知らない人間と話すのが、こんなに疲れるとはな……」

すぐにでも攻め入りたいところだが、エルヴィラの身の安全を確保しないと人質に取られることは分かっている。エルヴィラをさらに危険な目にあわせることは、できなかった。

だからルードルフは裏から動いた。

じきに、キエヌ公国からルストロ公爵夫妻が戻ってくる。リシャルドのつかんだ、ナタリアの『乙女の百合』が偽物だったという証拠も固まっている。ハスキーヴィ伯爵とやらは、ちょっと調べると真っ黒で、ナタリアの後見人という地位を利用して公金を横領していた。

ルードルフはそれらすべてを突きつけて、アレキサンデルの王としての地位を崩すつもりだ。

ソフィア前王妃もシルヴェン伯爵家も、議会も味方に付けてある。

「これでどうやって国を動かしていくつもりだったのか、教えてほしいくらいだ」

ルードルフは呟いた。ルードルフが手を下《くだ》さなくても、この王の施政は長くは続かなかっただろう。1つだけでも国が揺らぐようなことを、いくつもいくつも重ねていた。クリストフが苦々しく答える。

「先の見通しなど立てていないのではないでしょうか。戦場でもたまにおります。不思議な運に恵まれて、その場その場を切り抜けていく奴が」

「そういう奴は最後にどうなる？」

「だいたい死にます」

「だろうな。しかし、恐ろしいのは、それが王であることだ」

ルードルフは立ち上がった。

「こうなったら、あちらにも揺さぶりをかけてみるか……エルマに着替えを用意するよう頼んでくれ」

「はい。どちらに行かれるのですか」

「――ナタリア様のお茶会さ」


「まさか、誘ってもいないお茶会の返事をいただけるとは思っていませんでしたわ」

王妃の応接室で、ルードルフと向かい合ったナタリアは、そう言いながらお茶を出した。

ルードルフは、悪びれずに言った。

「誘ってくださいましたよ？　最初にお会いしたときに」

エルヴィラとアレキサンデルが婚約を破棄したときのことだ。

「ひどいですね。ナタリア、あのときはとても傷付いたんですよ」

そう言って俯《うつむ》くナタリアは、あの頃に比べてどこか精彩を欠いていた。ナタリアの魅力の源とも言える、屈託のなさが半減していたのだ。

「それは失礼しました」

ルードルフはカップを置いた。会話を楽しみたいわけではないのだ。まっすぐに切り込む。

「残念ながら、ナタリア様のお茶会は、金輪際《こんりんざい》開かれることはないでしょう。開かれても誰も出席しない。この私で最後でしょう」

「なぜそんなことを言うの？」

「分からないのですか？」

「……エルヴィラ様がいらっしゃらないから？」

「いいえ。この国がもうじき終わるからです」

がしゃん、とナタリアはカップを倒した。人払いを頼んでいるので、誰も片付けに来ない。

ナタリアは震える目でルードルフを見た。

「脅すのですか？」

「脅す？」

ルードルフは大声で笑いたいのを堪えた。

脅すとはまた──

「ずいぶん、牧歌的な考えですね」

「犯人は陛下が今探しているところです！」

「見つかるわけがない。その陛下が犯人なんだから」

「アレキサンデル様が……？」

ナタリアは呆然とした様子で呟いた。

それを見たルードルフは、ナタリアが何も知らされていなかったこと、また何も考えていなかったことを確認した。愚かな。王が王なら、王妃も王妃だ。

周りでこれほどのことが起こっていながら、自分は無関係でやり過ごせると思ったのか。呆れてものも言えないとはこのことだ。

「一度しか言いません。御身が大事なら、よく聞いてください」

ヒヤリとした空気を醸し出して、ルードルフは言った。

「エルヴィラを見つけて、私に報告してください」

「だから……国を挙げて探しています」

「国王陛下が、でしょう？　見つかるわけがありません。しらばっくれるのもいい加減にしてください。エルヴィラは国王陛下が隠しています」

ナタリアは、膝の上で手を握った。

「……ナタリアに、陛下を裏切れと？」

「いいえ。私はあなたに命乞いの機会を与えているだけです」

「でしたら……エルヴィラ様を盾にしたら、ナタリアの命も保証できるのではないですか？」

ルードルフは、鼻で笑った。

「おめでたいですね」

「なんですって？」

「よく考えてみてください。仮に陛下がエルヴィラを盾に、命の保証を請うのであれば、それは陛下の命だけでしょう。あなたの命まで保証してくれませんよ」

「陛下はナタリアを守ってくださるわ」

「そうだといいですね」

ナタリアはルードルフを睨んだ。

ルードルフ以外の男には、魅惑的に映るだろうと思える表情だった。

「……考えさせて」

「よろしい」

それだけ言わせれば十分だ。ルードルフはさっと立ち上がった。長居は無用だ。

「明日、お返事を聞きに来ます」

「そんなにすぐ？」

「長すぎるぐらいですよ。では」

ナタリアが呼び止める間もなく、ルードルフは退出した。

◆◇◆◇◆

ルードルフが去ったあと、ナタリアはじっとしていられず、宮廷内を散歩した。

エルヴィラの居場所と言われても、ナタリアは本当に何も知らされていなかった。何か大変なことが起こっている様子だったが、大神官やヤツェク、アレキサンデルがそのうちなんとかするだろうと思っていた。

まさか、ナタリア自身の命に関わるようなことだったとは。

ナタリアは関係ないのに、と誰に言っていいのか分からない愚痴《ぐち》をこぼしたくなる。むしろ、いい迷惑だった。大神官に祈りのやり方を覚えさせられ、あちこちの神殿で祈らされ、果てには山奥まで連れて行かれて。ナタリアからすれば、エルヴィラは勝手に倒れて、勝手にいなくなったのだ。ナタリアは、ただ、道具のように使われただけだ。

聖女なのに。王妃なのに。

ナタリアは重すぎるため息をついた。

「王妃様！　ご機嫌よう」

と、回廊の向こうからアグニェシュカが歩いてきた。今、一番見たくない顔だった。

「いいお天気ですわね」

「そうかしら」

ナタリアとしては、素っ気なく答えるだけで精いっぱいだった。

燃えるような赤毛と勝気な瞳が美しい、アグニェシュカ・パデーニ伯爵令嬢は、アレキサンデルの側妃候補だった。

ナタリアがフレグの町に行っている間、アレキサンデルの寝室に毎日呼ばれていたともっぱらの噂だ。アレキサンデルに聞いても、うるさい、と怒鳴られるばかりで、真相は教えてもらえなかった。だが、アグニェシュカの視線に、ナタリアを見下す色が加わったのは事実だった。

今も勝ち誇ったような顔でナタリアを見据えてから、アグニェシュカは去った。

ナタリアは悔しさですぐに動けず、唇を噛んだ。

だが、アグニェシュカの場合はまだ大丈夫だ。ナタリアの方が先にいたのだから。ナタリアは正妃なのだから。

だけど、エルヴィラがアレキサンデルのもとに戻ってきたら？

考え込んでいると、ナタリアはヤツェクが、あたりの様子を窺いながら慌てて移動するのを見た。ヤツェクらしからぬ様子だった。何か重大なことだ。ナタリアは息を潜めて、こっそりあとに続いた。ヤツェクは隠し扉を使って、どこかに行こうとしていた。

そして、そんな自分を見張る影があることに、ナタリアは気付いていなかった。

◆◇◆◇◆

隠し扉から東の塔に向かったヤツェクは、あとにナタリアが続いているとも知らずに、息を切らせて階段を登った。そして辿り着いた塔の上の部屋で、信じられないものを見た。

「アレキサンデル様、説明してください。これはいったいどういうことですか」

「見た通りだ。エルヴィラを眠らせている」

ヤツェクは倒れ込みそうになるのを必死で堪えた。

「眠らせた……？」

見ると、エルヴィラは確かに規則正しい寝息を繰り返している。アレキサンデルは嬉しくてたまらない、というようにエルヴィラを見つめて言った。

「もうすぐ目覚めるはずだ。何か夢を見ているのかな。起きたら聞いてみよう。楽しみだな」

「あの、アレキサンデル様、エルヴィラ様を、いえ、ゾマー帝国の皇太子妃殿下を……眠らせたって、どうやって……」

「大神官が協力してくれた」

「大神官様が？」

もうめちゃくちゃだ。そんなことをしたらどうなるか、誰も想像しなかったのだろうか。

アレキサンデルはヤツェクに穏やかに言った。

「お前にここに来るように言ったあのメイドが1人で面倒を見ていたのだが、やはり手が足りないようだ。秘密を守れる人物をもう1人用意できないか」

「……そのメイドはどうやって手配したのです」

「大神官が用意してくれた。もう一度頼むのも悪いしな」

ヤツェクは胸のあたりがキリキリと痛むのを感じた。大神官に悪いな、と思う心遣いがあるなら、その前にもっといろいろ思慮を働かせてもらいたいのだが。

「それで、メイドを増やしてどうなさるおつもりですか」

ヤツェクの問いかけに、アレキサンデルはエルヴィラの寝顔を見ながら答えた。

「そのうち目覚めるから、そうしたらエルヴィラの口から、帝国に帰らないと言ってもらうのだ。そのための薬を大神官から預かっている」

「そんな薬が？」

アレキサンデルに薬の効能を説明されたヤツェクは、本物だろうか、とまずはそこを疑った。

そんな話は聞いたことがないし、仮に本物なら、大神官がわざわざ王のために使うだろうか。

もしその薬が偽物なら？　今頃大神官はどこにいる？

――考えたくない。

ヤツェクは、薬のことは後回しにし、別の質問をした。

「エルヴィラ様にこの国にいていただいて、どうするのですか？」

アレキサンデルは、無邪気とも言える顔で笑った。

「決まっているだろ、これで最初の予定通りだ」

「最初？」

「婚約破棄したとき、宮廷に留まって、ナタリアの右腕になって執務を手伝うように言った。あれを実行してもらうのだ」

ヤツェクはここにきて、やっと主人の正気を疑った。

「……まだ、それに拘っていたのですか」

「断るエルヴィラがおかしい。そうだろ」

カタン、とどこかで音がした気がしたが、今はそれどころではなかった。

「その件なら、アグニェシュカ様を側妃にすることで解決したんじゃないんですか」

「あれも悪くはなかったが、エルヴィラがいるならもういらない」

「なぜ」

ヤツェクは、今までの苦労を思い返しながら言った。言わずにはいられなかった。

「陛下にはナタリア様がいらっしゃるではないですか。こんなことをするなら、どうして婚約破棄などしたのです」

最初から、エルヴィラを王妃にしておけば問題なかったのだ。

アレキサンデルは、にやっと笑った。

「だって、お前、それじゃあ、どっちが上か分からないじゃないか」

ヤツェクは呼吸が止まるかと思った。

「……どっちが、上？」

本気で意味が分からなかった。

「これでやっと、エルヴィラも、私の方が上だと思い知るだろう。生意気な女だ」

ヤツェクは背筋がゾッとした。そんなことのために？

「ナタリア様を好きだからではなかったのですか」

ヤツェクの信じていた物語は、もっと純粋なものだった。それはそれで稚拙《ちせつ》かもしれないが、
だからこそ、ついてきた。

非情なことまでして。道理を引っ込めて。

「もちろんそれもある」

アレキサンデルは、のんびり答えた。

「だけど、なにより庶子だった男爵令嬢に、エルヴィラが負けたということが大事なんだ」

アレキサンデルは楽しそうに笑った。

——ナタリアが、扉の陰で聞いているとは知らずに。


カタカタ震える手をなんとか押さえて、ナタリアはそこに立っていた。

アレキサンデルは、気持ちよさそうに続けた。

「ナタリアだって、王妃にまでなれたんだから、文句はないはずだ。まあ、最近勘違いしてうるさいが。エルヴィラが戻ってきたら、あれももういらないかもしれないな」

——あれも、もういらない。

ナタリアの中で、何かが冷えて固まった。

いらない。ナタリアのことが？

なぜ？　あの人がいるから？

だったら。

——あっちがいなくなればいいんじゃない？

ナタリアは、音もなく、部屋の中に入った。

ヤツェクとアレキサンデルが驚いた顔をしたが、ナタリアには見えていなかった。

「えっ⁉　ナタリア様？」

「お前？　いつからそこに？」

ナタリアは素早く、眠っているエルヴィラの近くまで行き、頭の下の枕に手を伸ばした。

「な、何をする⁉」

「ナタリア様！」

アレキサンデルとヤツェクが止めようとしたが、ためらいのないナタリアの方が早かった。

ナタリアは冷えて固まった心が溶けないうちに、エルヴィラの顔に枕を力いっぱい押し当てた。

「ん……んっ」

眠りながらもエルヴィラが、苦しそうに呻《うめ》き出した。ここが正念場だ。ナタリアは力を込めて、枕を押し付けた。

「やめろ！」

「おやめください！」

アレキサンデルが帯刀していた剣を抜き、ヤツェクが後ろからナタリアを取り押さえようとした。

◆◇◆◇◆

エルヴィラは、ずっと夢を見ていた。歴代の聖女様が、次々と現れる夢だった。

聖女様たちは、『乙女の百合』の花束を、次から次へエルヴィラに渡していった。

エルヴィラはあっという間に花に囲まれた。最後は白い服の聖女様だった。その方は花束を持っておらず、エルヴィラにひとつの方向を指差した。

見ると、白い道がどこまでも遠くへ続いていた。行け、ということなのだとエルヴィラは思った。それも、できるだけ急いで。

エルヴィラは道の向こうを目指した。

◆◇◆◇◆

「やめてください！　ナタリア様、エルヴィラ様を殺す気ですか！」

「だってナタリアが困るもん！　離して！」

聖女様に教えられた道をまっすぐ行ったわたくしの目に飛び込んできたのは、枕を振りかざすナタリア様と、それを後ろから羽交い締めにして止めるヤツェク様の姿でした。

――これはいったい？

それだけではありません。

「エルヴィラから離れろ、愚王！」

「ふん、命知らずな皇太子め」

剣を抜いて対峙する、アレキサンデル様とルードルフ様の姿も、そこにありました。

――何が起こったのでしょう？

わたくしは混乱しながらも、まずは声をかけようとして、

「……あ……」

自分が寝台に横たわっていることに気が付きました。

ここはどこでしょうか。わたくしは『聖なる頂』の神殿で祈っていたはずなのですが。

「ル……ド……フ？」

かすれた声で、それだけなんとか言うと。

「エルヴィラ！」

ルードルフ様が、わたくしに気付いてくださいました。

「行かせないぞ！　エルヴィラは私のものだ！」

アレキサンデル様は、寝台に横たわっているわたくしを背に、剣でルードルフ様と間合いを

取りました。なぜ、アレキサンデル様がわたくしの寝台の近くに？

頭がズキズキと痛みますが、一生懸命状況を整理しようとしました。

「エルヴィラ様！　ご無事でなによりです！」

見ると、クリストフもいます。

「おっと、動かないでくださいね」

隙をついて逃げようとしたナタリア様を、クリストフが止めました。

「あとをつけてきて正解でした。まさかこんなところにエルヴィラ様を隠していたとは……」

クリストフの声は低く、怒りに満ちています。ルードルフ様も叫びます。

「諦めろ、アレキサンデル！　お前はもう終わりだ！」

部屋の中で2組が、それぞれ睨み合っています。

「宰相殿、死にたくなければ王妃様をしっかり捕まえていてください。私も何をするか分かりませんので」

クリストフの言葉に、ナタリア様が怒鳴ります。

「何よ！　ナタリアだって騙されたんだから！　ナタリアも被害者じゃない！　助けてよ」

「我らが皇太子妃殿下を殺害しようとした罪は軽くありません」

ルードルフ様も冷ややかに仰います。

「お前もだ、アレキサンデル。我が宝をこんなところに閉じ込めた罪は重い。覚悟しろ」

クリストフとルードルフ様の言葉で、わたくしは大体の状況を把握しました。わたくしは、ずいぶん迂闊《うかつ》なことをしてしまったようですね。

「あ、あ」

わたくしが、とにかく何かを言おうとしましたら。

「私の方が被害者だ！　ナタリアに騙された！　そいつを捕まえてくれ！」

アレキサンデル様の言い訳が聞こえてきました。

「ひどい！　アレキサンデル様！」

ナタリア様が涙声になりましたが、アレキサンデル様は続けます。

「エルヴィラ、許してくれ。な？　許してくれるだろう？　お前はいつだって、俺が何をしたって、最後には許してくれた……そうだ、エルヴィラ。もう一度婚約しよう！」

は？

経緯は分かりませんが、言ってる内容がおかしいことは分かります。

アレキサンデル様は陶酔した表情でこちらを見ました。

「やっぱり私たちは離れてはいけなかったんだよ……お互い遠回りしたけど、真実に気が付いた。２人が真摯に向き合えば、きっと皆分かってくれるよ」

「アレ……サンデ……様」

わたくしはなんとか声を絞り出します。

「ああ、エルヴィラ！　私はここだ！」

アレキサンデル様は、わたくしに駆け寄ろうとしました。

それを寸前で止めるために、わたくしは何度か咳をします。

そして、ルードルフ様に目配せをしました。ルードルフ様は、小さく頷きました。

その仕草に力を得て、わたくしはなんとか話します。

「アレキ……デル様」

アレキサンデル様が高揚した顔で言います。

「なんだ？　エルヴィラ！　なんでも言ってみろ」

「……ませ……」

「ん？」

「許しません」

ちゃんと声が出たことに、わたくしは安堵しました。

許しません。許すわけがないでしょう。

「嘘だろ？」

なぜそう思えるのですか。

――今です。

「うぐっ！」

わたくしの合図で動いたルードルフ様が、アレキサンデル様の首を押さえ込みました。

「この状況で背中を向けるとは、本当に馬鹿なのか？」

ルードルフ様が呆れ顔で、アレキサンデル様を寝台に押し付けます。後ろ手で拘束されながら、アレキサンデル様はついに泣き出しました。

「エルヴィラ……どうしてだ……エルヴィラ」

「何よ！」

ナタリア様の方は、まだ元気です。

「性悪なのは、その女じゃない！　聖女になりたかったから隣国へ行ったんでしょう？　結局は権威がほしかったんでしょう？　ルードルフ様が皇太子じゃなかったら結婚してなかったでしょう？」

「――もうやめましょう、ナタリア様」

ヤツェク様が憔悴し切った顔で言いました。ナタリア様は髪を振り乱して、暴れました。

「やめて、嫌！　嫌よ！　終わりたくない！　ここで終わったら、ナタリア、偽者のままじゃ

ない！　そんなの嫌よ！　偽者のままで終わらせないで！」

「ナタリア様！」

ヤツェク様が悲痛な叫び声を上げました。

「私は、本物のつもりでお仕えしておりました！」

「ヤツェク……」

「聖女とか聖女じゃないとか、そんなことは関係なく。私にとって、ナタリア様はナタリア様でした」

だから、とヤツェク様は言いました。

「もう終わりにしましょう」

ルードルフ様とクリストフが頷きます。戦意をなくしたヤツェク様とナタリア様、アレキサンドル様は、それぞれ拘束されました。

「……エルヴィラ！　よかった」

ルードルフ様は横たわったままのわたくしを抱きしめます。ルードルフ様の睫毛《まつげ》が濡れていました。

……泣いていらっしゃるのですか？

わたくしは、ずいぶん、心配をかけてしまったのですね？

申し訳なさと、ルードルフ様を慰めたい気持ちで、わたくしは指を持ち上げて、ルードルフ様の頬をそっと撫でました。

「温かいですわ……」

そう言って微笑むと、ルードルフ様がわたくしを、もう一度強く抱きしめました。

わたくしはどこにも怪我もなく、不思議なことに、それほど弱ってもいませんでした。

「エルヴィラ様の周りだけ、ゆっくりと時間が流れていたかのような状態ですね」

公爵家に昔から仕えてくれている初老の医師が、そう言いました。

「エルヴィラ！　無事でよかった」

「お父様！　お母様！」

キエヌ公国から帰ってきたお父様とお母様は、話を聞いて、泣きながらわたくしを抱きしめてくださいました。

「ルードルフ、おい、ちょっと」

リシャルドお兄様は、顔を合わせるなり、ルードルフ様をどこかに連れていきました。戻ってきたときはルードルフ様の頬が腫《は》れていて騒然となりかけたのですが、ルードルフ様自身が、

「むしろ足りないくらいだ」

と不問にされたので、それについては、誰も何も言いませんでした。

お父様とお母様が戻ってきたので、わたくしは生家で休養を取ることになりました。もちろん、ルードルフ様も一緒です。

ルードルフ様やお父様、そしてリシャルドお兄様は毎日忙しく、シルヴェン伯爵やソフィア前王妃様たちと、毎日議会で話し合いを続けました。

夜遅く戻ってくるルードルフ様とは、眠る前しかゆっくりとお話できません。どうしても起きて待ってしまいます。ルードルフ様はわたくしの体調を気遣いながら、毎日いろいろなことを報告してくださいました。

「ラルフが見つかったよ」

「本当ですの!?　どちらに？」

「地下牢に入れられていた。弱っているが、すぐに話せるようになるだろうとのことだ。彼から事情を聞けるだろう」

「よかったですわ……」

「ハスキーヴィ伯爵は、領地を取り上げられ、爵位返上の上、収監されるそうだよ」

「アレキサンデル様とナタリア様は……」

今日あたり、結論が出ると聞いていたのです。ルードルフ様は、少し言いよどみましたが、わたくしが目で先をお願いしたので、続けてくださいました。

「エルヴィラが減刑を望んだこともあり、２人とも処刑は免れたよ」

「そうでしたか……」

「塔でエルヴィラの世話をしてくれていたメイドが、アレキサンデルがエルヴィラに全く触れていない、大切に扱っていたと証言したことも大きかった」

それでも、ルードルフ様の表情は暗いままです。まだ、ほかにあるのですね。わたくしがじっと待っていると、仰いました。

「アレキサンデル殿の状態は悪化の一方でね。もう、ほぼ正気を保っていない。それもあって、なんとか南の塔への幽閉で収まった。彼は今も、彼の頭の中だけにある国で、王として生きている」

もしかして、アレキサンデル様は遠い昔からずっと、その王国で過ごしていたのかもしれません。

「ナタリア様は……」

「ナタリア殿も同じく、幽閉された。西の塔だ。燃えるような真っ赤なドレスを着て、毅然と歩いて行ったのは見事だったよ」

わたくしは黙ってルードルフ様の話を聞きました。

「財産をすべて取り上げられて追放される予定のヤッェクだが、本人の強い希望が認められ、どこかの神殿に預けられることになる。残りの人生を、贖罪の祈りを捧げることに使いたいそうだ……主さえ間違えなかったら、いい臣下だっただろうに」

わたくしはついに、睫毛に留められなかった涙をこぼしてしまいました。『聖なる頂』で見たナタリア様の祈りを思い出してしまったのです。

しばらくは言葉が出ず、涙をハンカチで抑えました。ルードルフ様が隣に来て、そっと肩を貸してくださいます。


そして、さらにいろいろなことが決まっていきました。

最終的にはパトリック王弟殿下が王となり、お父様が新しい宰相になりました。

トゥルク王国は、王国としての体面は保ちながら、実質はゾマー帝国の領邦になります。

「聖女様の加護をいただくためにも、それほど揉めず決まったよ」

貴族だけでなく、山の民をはじめ庶民からの支持も多かったそうです。

「エルヴィラ、問題は山積みだが、ひとまずこの国の人たちに任せて、我々は我々の国へ帰ろう」

ルードルフ様の言葉にわたくしは頷きます。不思議なことに、来たときはトゥルク王国があんなに懐かしかったのに、今はゾマー帝国が懐かしくて、早く帰りたいと思っています。

「ただ、神殿のことだけが、気がかりです」

ワグヌイ様をはじめとする信者たちによって、神殿を健全に運営する試みが行われているのですが、すべての鍵を握るであろう、大神官シモン・リュリュ様が逃亡したきり見つからないのです。

「噂では国外にもう逃げてしまったとか……」

「義父上たちが総力を挙げて探している。じきに見つかるさ」

わたくしはその言葉に頷きます。


いよいよ明日、ゾマー帝国に戻るという日、わたくしとルードルフ様は、宮廷にご挨拶に伺いました。パトリック様やアンナ様、シルヴェン伯爵などとお話しておりますと、廊下から騒がしい気配がしました。様子を見に行った騎士の1人が説明します。

「失礼しました。隠し部屋から、枯れた『乙女の百合』が見つかったそうで、兵士たちが中庭に運ぶそうです」

「隠し部屋から？」

なぜそんなところにあるのかと不思議でしたが、せっかくなので、あとで見に行くことにしました。ルードルフ様は最後の打ち合わせをしております。と、先ほどから、エルマの姿が見えないことにわたくしは気が付きました。

「エルマ？」

わたくしはエルマを探して廊下を歩きました。すると。

「エルヴィラ様、こちらです」

外からエルマの声が聞こえてきます。

「どこですの？」

「エルヴィラ様、こちらです」

わたくしは声のする方に行きました。そして。

茂みの陰で、エルマの首にナイフを当てた、大神官様がそこにいました。

「お久しぶりです」

「……お久しぶりです。大神官様、今までどちらに？」

わたくしは、大神官様を刺激しないように、なるべく穏やかに問いかけました。

「城の中に隠れておりました。少々、詳しいもので。ところが今日に限って騒がしいので、出てきたのですよ」

騎士たちが隠し部屋を捜索していたからでしょうか。わたくしは、大神官様を睨みます。

「エルマを離してください」

「それはまだできないな」

「……エルヴィラ様、こちらです」

「エルマ？」

エルマは先ほどと同じことを言っています。目からポロポロと涙が溢れています。

「エルヴィラ様……こちらです……エルヴィラ様」

「エルマに何をしたのですか？」

「この薬をちょっと試してもらいました」

「薬？」

「アレキサンデルがエルヴィラ様に飲ませようと思っていたものですよ。眠りの薬と一緒に使うのが本当なのですが、これだけでもまああ効果はあります。これ単体だと、飲んだあとに耳元に囁かれた言葉を、短い時間だけ喋るんです。面白いでしょう？」

「変な薬を持っていますのね。それをエルマに？」

「はい。エルヴィラ様にお出しする飲み物だと言うと、自ら毒味してくださったんですよ。忠義ですね」

わたくしは腑《ふ》に落ちました。

「神殿はこれまでもその薬を使ってきたのですね？　王族や聖女に？」

「王と違って勘がいいですね」

「そこまでして何を求めているのですか？　地位も名誉もお金も、十分持っているでしょう」

「分かってませんね。努力してきたからこそ、それらを持っていたんです。何もしなかったら、ワドヌイたちのような、祈るだけのつまらない生活です」

「祈るだけの生活、素晴らしいと思いますけど」

わたくしの言葉を無視して、大神官様は、機嫌よさげに続けます。

「そうですな、私たちの努力を1つだけ教えてあげましょう。帝国の聖女様なら、『悪魔《トイフェル》』のことを知っているでしょう？」

わたくしは頷きました。ゾマー帝国の神殿で教わった概念です。

「ええ。でもトゥルク王国にはありませんよね？」

すると、大神官様は驚くべきことを言いました。

「あったけど、消したのですよ。何代か前の大神官が」

「消した？」

「『悪魔《トイフェル》』なんてものがあると、みんな怖がって聖女を強く求めるでしょう。ですから『悪魔《トイフェル》』

なんて存在しないと、この薬を使って当時の聖女様に言わせたのです」

「なんてことを……」

罪深さにわたくしは慄《おのの》きました。大神官様は、フッと鼻で笑いました。

「神殿の権威のためです。仕方ありません」

「聖女様はどうなったのですか？」

「さあ。罪の意識に苦しんだと聞いてますが」

わたくしは唇を噛み締めました。

「……あなたの方が悪魔ではないですか。わたくしにはそう見えます」

大神官様は、楽しそうに言いました。

「馬鹿ですね、悪魔なんてその辺にいますよ。わざわざ表明するゾマー帝国か、胸の内に飼っているトゥルク王国か、それだけの違いです」

大神官様は、エルマの首に、さらにナイフを近付けました。

「やめてください！」

わたくしは思わず叫びます。

「やめてほしければ、これを飲んでください」

わたくしは瓶を受け取りました。

「大丈夫、短時間で効果は切れます。残念ながら」

「何を言わせる気ですか」

「私と一緒に脱出して、会う人会う人に、こう言ってもらうだけですよ。私は偽者です、聖女の加護はシモン・リュリュにあります、と」

「実にくだらないことを思い付きますね」

大神官様は、笑いました。

「確実に、安全に脱出したいだけですよ。欲がないでしょう？　もちろんこの侍女も一緒ですよ。侍女の命を盾にしないと、あなたは逃げるでしょう」

「よほど聖女が嫌いなのですね？」

街を出て行くだけならほかにも方法があるでしょう。聖女を貶《おと》めたいという気持ちが透けて見えます。大神官様は凶悪な目つきで言いました。

「――綺麗事だけ言っている奴らが嫌いなだけだ。早くしろ。この女を刺すぞ」

わたくしは瓶の蓋に手をかけました。

「エルヴィラ様！　こちらです！　エルヴィラ様！　こちらです！」

エルマの抗議の声が上がりましたが、わたくしは躊躇なく、薬を飲みました。あまり味はしません。

「よし……じゃあ、いくぞ。『私は偽者です。聖女の加護はシモン・リュリュにあります』」

「……私は偽者です。聖女の加護はシモン・リュリュにあります。私は偽者です」

本当にそれしか言えなくなりました。不思議なものですね。

「……エルヴィラ様、こちらです」

エルマが泣いています。


わたくしたちは大神官様と門に向かうことになりました。途中、枯れた『乙女の百合』の鉢を運んでいる兵士たちとすれ違います。

「エルヴィラ様？」

わたくしは目に力を込めて頷き、言いました。

「私は偽者です」

「エルヴィラ様？　何を？」

「て、え？　大神官？」

「聖女の加護はシモン・リュリュにあります」

大神官様は、厳《おごそ》かに言います。

「エルヴィラ様は真実を話されている。今からそれを証明しに、神殿に行くのだ」

「で、でも、しばらくここにいてください！」

兵士たちは、ルードルフ様を呼びに行ったのでしょう。わたくしたちを引き止めました。エルマは泣き疲れて、今は涙も出ない様子です。目の前には、先ほどの兵士が置いていった、枯れた鉢がありました。あら？

なんとなく、通じるものがありました。この子、わたくしがここで咲かせた子ではないでしょうか。花に名前が書いてあるわけではないのですが、あのときナタリア様に取り上げられた『乙女の百合』だと直感しました。

そうなのですか、やはり枯れてしまったのですね。頑張ったのにね。

わたくしはいたわるように、その百合を見つめました。

「おい、何を止まっている」

すると、何人かの別の騎士たちが大神官様に気が付いた様子です。

「おい、あれは大神官じゃないか？」

「どうしてエルヴィラ様と？」

大神官様はニヤリとしました。

「あの者たちにも聞こえるように言ってください」

いいでしょう。わたくしは繰り返しました。

堂々と。

「私は偽者です」

視線は百合から離しません。それにしても、偽者とはなんでしょうね。

「聖女の加護はシモン・リュリュにあります」

この百合だって、本物だ、偽物だと言っているのは、わたくしたちの勝手ですよね。

ナタリア様は自分を偽者のまま終わらせないで、と言っていましたが、自分を偽者にしているのは自分自身じゃないでしょうか。

わたくしは、偽者ではありません。

言葉で隠されても。

誰に認められなくても。

「エルヴィラ様が偽者?」

「どういうことだ?」

聞いた者たちの困惑が伝わってきました。わたくしは続けます。

「私は偽者です」

言いながら、目の前の枯れてしまった百合に手を伸ばします。

「……聖女の加護は大神官シモン・リュリュにあります」

ぽわん、と百合に生気が灯《とも》りました。

「……私は偽者です」

ぽわん。

言葉が必ず真実とは限りませんね。

クラッセン伯爵夫人も言っていました。気持ちは、言葉ではなく態度に表れることが多いと。

だからよく観察しなさいと。

「お、おい、見ろ、あれ」

ぽわん。

ぽわん。

ぽわん。

次から次へと、枯れたはずの『乙女の百合』に花が咲いていきました。

輝くような白い花弁と、青い花粉を持つ、本物の『乙女の百合』です。

「おお……」

「やはりエルヴィラ様だ」

「何か事情があるに違いない」

「エルヴィラ！」

と、そこにルードルフ様が現れました。

わたくしは目で、エルマを助けるようにルードルフ様に訴えました。

けれど、大神官様の方がアレキサンデル様より俊敏でした。

「きゃっ！」

大神官様は、エルマを突き飛ばし、逃げようとしました。

すると。

不思議なことに、それまで晴れていた空に暗雲が立ち込めました。

ゴロゴロゴロと、雨も降っていないのに、雷の音が近付いてきます。

騎士たちが空を見上げます。

「雷？」

「突然だな」

ルードルフ様がわたくしを抱き止めます。

「エルヴィラ、こっちへ。１人にしてすまない」

エルマも騎士の１人に抱き上げられます。怪我はないようです。

わたくしは、大神官様の行く先をじっと見つめます。わたくしの予想通りなら。

もしかして。

大神官様は転がるように走っています。

「おい、あの男を捕まえろ」

けれど、わたくしは首を振ってそれを止めました。巻き添えになると思ったのです。

わたくしが夢で見たあの聖女様は、もしかして、この薬を飲まされたのではないでしょうか。

ガラガラガラガーーーン！！！

天を裂くような、激しい雷の音がしました。誰もが一瞬、身をすくめます。

そして、すぐに異変に気が付きました。

「焦げ臭い？」

「どっかに落ちたのか！」

「おい、まさか」

見ずとも分かりました。

大神官様は、そのようにして罰を受けました。

8章　最後の聖女になろうと思います

「お帰りなさいませ！」

ゾマー帝国に戻ってきたわたくしとルードルフ様を、クラッセン伯爵夫人をはじめ、いろんな方が出迎えてくださいました。

わたくしとルードルフ様も、ほっとしながらみんなに挨拶します。

「ただいま戻りました」

「長い間留守にしてすまない」

「おかえりなさいませ、エルヴィラ様」

「留守をありがとう、クラッセン伯爵夫人」

「ああ、エルマ、エルマ！　大変だったんだって？」

ローゼマリーがエルマを抱きしめました。エルマは興奮した様子で答えています。

「はい、でも、すごかったんです！　エルヴィラ様の聖女の力といったら！」

エルマはわたくしが百合を次々に咲かせたことなどを早速話しています。エルマも疲れているのだから、落ち着いてからにしなさい、と声をかけようとしましたら。

「エルヴィラさん！　お帰りなさい」

「クラウディア様！」

皇帝陛下と皇后陛下、いいえ、お義父様とお義母様も迎えてくださいました。

賑やかな出迎えに、わたくしは温かい気持ちでいっぱいになります。

「帰ってきましたわ」

わたくしは、思わず隣のルードルフ様にそう呟きました。ルードルフ様は、わたくしの手をぎゅっと握って仰いました。

「おかえり、エルヴィラ」

同じところから帰ってきたのに、おかしいですよね。ですが、わたくしは頷きました。

「ただいま戻りました、ルードルフ様」

「うん、おかえり」


その夜。久しぶりの広すぎる寝台に、ルードルフ様と横になりました。

トゥルク王国での寝台の狭さが懐かしく思えたわたくしは、思い切って申し上げました。

「……ルードルフ様……その、もう少しお側に行ってもいいですか？」

「……どうぞ」

ルードルフ様も驚いたのでしょう、言葉少なげに固まってしまいました。

ですが。

「抱きしめてもいいですか?」

わたくしがすぐ近くにくると、ルードルフ様の方からそんなふうに仰いました。

「は、はい」

わたくしも、固まってしまいます。

ルードルフ様は、そうっと、わたくしの頭の下にご自分の腕を差し込みました。

こ、これは、腕枕!?

腕枕というものですよね!?

心臓が高鳴って、どうしたらいいか分からなくなります。

すると、ルードルフ様が仰いました。

「エルヴィラ、すまない」

なぜここで謝罪?

けれど、ルードルフ様は心底申し訳なさそうな顔をしています。

「何のことですか?」

「君をたくさん危険な目にあわせた」

トゥルク王国でのことですね。わたくしは、いいえ、と答えます。

「わたくしこそ、申し訳ありません」

「エルヴィラは何も謝る必要はない。私がちゃんと守れなかった」

「守ってくださいましたよ？」

「いや、慰めてくれるのはありがたいが――」

「だってわたくし、ルードルフ様が最後に必ず来てくださると思っていましたから、無茶しましたもの」

「無茶!?　自覚があったのですか？」

はい、とわたくしは、正直に申し上げました。

「アレキサンデル様がもう一度婚約しようと言い出したときも、大神官様がエルマを盾にわたくしを脅したときも、とりあえず時間を稼いだら、ルードルフ様が絶対に来てくださると信じていたので、無茶をしてしまいました。ですから、ルードルフ様のせいではないのです」

むしろ、巻き込んでしまいました。

「だから、そんなに謝らないでください」

ルードルフ様は難しい顔をします。

どうでもいいのですが、これ、腕枕をしながらする会話ではない気がします。

「それでも、エルヴィラを危険な目にあわせたことには違いない」

案の定、ルードルフ様は自責の念に駆られているご様子。わたくしは、強く言い返します。

「危険だなんて、思ったことはないですわ」

「なぜ？」

「だって、ルードルフ様はわたくしが喋らなくても、わたくしの気持ちを分かってくださる天才ですから」

――私はあなたの些細な表情の変化も、見逃さないでいたいと思っています。そこにあなたの本心があるなら。

離宮でそう言ってくださったことを、ルードルフ様はきちんと守ってくださいました。

「ルードルフ様がいつもわたくしを見てくださると、知っています」

わたくしは、ずっと考えていたことを申し上げました。

「ルードルフ様、わたくし、大神官様の最後の言葉をずっと考えておりました」

――悪魔なんてその辺にいますよ。わざわざ表明するゾマー帝国か、胸の内に飼っているトゥルク王国か、それだけの違いです。

ああ、とルードルフ様も思い当たる顔をしました。

「それで思ったのですが……」

ためらう気持ちを押し切って、申し上げます。

「わたくし、最後の聖女になろうと思います」

ルードルフ様がきょとんとした顔をされています。そうですね、突飛なことを申し上げていますよね。わたくしは言葉を探して説明します。

「ゾマー帝国には、聖女様は現れておりません。なぜなら、お1人お1人の胸の内にいらっしゃるから」

わたくしは『乙女の百合祭り』のことを思い出します。あのときわたくしは、皆様の中に聖女様がちゃんと存在していることを感じました。

「ですから、ゾマー帝国では、聖女様がわざわざ顕現する必要がなかったのですよね……トゥルク王国も、そうなっていけたらいいのではないでしょうか？」

「しかし、そうなれば、『乙女の百合』も咲かなくなるんじゃないか？」

「寂しく思いますが、『乙女の百合祭り』でゾマー帝国の皆様が手にしていた紙の百合も、同じくらい素晴らしいとわたくしは思っていますので」

大それたことを申し上げているのは承知です。最後の聖女だなんて。

ですが、同じことを繰り返さないために。

皆様が日々を安心して暮らすために。

「わたくしは、わたくしにできる最善を尽くしたいのですが……」

やはり上手く言えずそこで途切れてしまいました。気持ちだけが先走って、具体案が浮かびません。こんなことではダメですね。本当にわたくしときたら――。

「エルヴィラ」

ルードルフ様がわたくしにおおいかぶさるような体勢になって、仰いました。

「応援するよ」

「……ありがとうございます」

「だから、1人で頑張りすぎないでほしい。いろんな人の力を借りてもいいんじゃないかな」

「そうでした……」

わたくしはまた大切なことを忘れかけてましたね。もう、1人で決めて、1人で頑張らなくていいのです。

「エルヴィラ」

あら?

「……触れてもいいかな」

待って！

もちろん、はい、と答えたいところですが、わたくしは恥ずかしさから上目遣いになって言いました。

「ですから……わざわざ聞かなくても、ルードルフ様にはわたくしの気持ちが分かるはずなので……」

ルードルフ様は、くすりと笑いました。

「聞きたいんだ」

「意地悪ですのね？」

「かわいくて」

「！」

「じゃあ、質問を変えよう。エルヴィラ」

「……はい？」

「キスしていいかな」

「‼」

完全にからかってますね？

わたくしは悔しくて、わざと反対のことを言ってやりました。

「……ダメです」

ルードルフ様はわたくしをじっと見て言いました。

「嘘だね」

「嘘じゃありま……」

最後まで、言えませんでした。


エリー湖に行けたのは、それから半年ほど経ってからでした。

「エルヴィラ様！　ようこそ！」

町の皆様が歓迎してくださいます。

エリー湖とその周囲は、とても素敵な湖畔の町になっておりました。

「水が枯れていたとは思えませんね」

「ああ、不思議だろう？」

その夜は、この地域の豪族の別荘に泊めていただくことになっておりました。夜になると、降るように星が見えるので、ぜひバルコニーに出てくださいとのことでした。

「まあ、なんて綺麗……」

本当に満天の星空でした。

わたくしは、星を見つめながら、言いました。

「ルードルフ様と結婚して、本当に幸せですわ」

「⁉」

ルードルフ様はわたくしの不意打ちに、赤くなりました。暗くても分かります。

「なんで急にそんな？」

「なんとなく、わざわざ言葉にしたくなったのです」

「やられた……」

「なにがですの？」

「素直なエルヴィラもかわいい」

ルードルフ様は背中からわたくしを抱きしめました。

星が降るような夜でした。

外伝　皇太子の初恋

　エルヴィラとルードルフが結婚して、1年が経った。それを祝って、帝都ではパレードが行われた。昨年と同じように純白に塗り上げられた馬車にエルヴィラとルードルフが乗り込み、帝都を一周するのだ。

「エルヴィラ様！　お綺麗です」

「聖女様！」

「本当にお美しい」

　街道に集まった人々は、惜しみない称賛の声を投げる。ほとんどがエルヴィラへの称賛だったが、ルードルフは満足していた。誰よりもルードルフ自身がエルヴィラの美しさを褒め称えたかったからだ。

　馬車は町外れに差しかかった。街道から人が消える。ルードルフはくつろいだ調子で話した。

「エルヴィラと結婚できてよかったよ」

　何百回も言ったことを、ルードルフはまた繰り返した。本当に幸せだったからだ。何よりエルヴィラが幸せそうでいてくれることが、嬉しかった。

あの頃。

エルヴィラがまだ隣国の王子の婚約者で、ルードルフがただの皇太子だった頃。ルードルフは何もできない自分に絶望した。そんな夜を何度も過ごした。だからルードルフは、毎日確かめずにいられないのだ。エルヴィラがいて、その笑顔が健やかであることを。

そして、時々、不思議に思う。

あの、あまりにも格好悪かった日々が、今に繋がっていることに。


今から7年前。父である皇帝に呼び出されたルードルフは、政略結婚を打診された。

「ルストロ公爵家のひとり娘？　そんな令嬢いましたか？」

名前を聞いても顔が浮かばなかった。

「帝国ではない。隣のトゥルク王国の公爵令嬢だ」

説明されても、腑に落ちない。

「ずいぶん小さな相手ではありませんか」

ゾマー帝国の皇太子ともなれば、各国の王女から結婚を打診される。それなのに、さほど大きくもない王国の、しかも公爵令嬢とは。皇帝はニヤリと笑った。

「肩書きだけで考えるな」

皇帝は、自慢の顎髭《あごひげ》に触りながら言った。

「ルストロ公爵は、爵位以上の人物だ。縁談がなくても、お前の見識を深めるために、会った方がいいだろう」

皇帝である父がそこまで言うなら、そうなのだろう。しかし、ルードルフはすぐには頷けなかった。

「じゃあ、先にその父親と会うのはどうでしょう。父親となら会ってみたいです」

「父親と結婚するわけじゃないんだぞ？」

「分かっていますが」

そんなふうに最初は、娘よりその父親に興味が湧いた縁談だった。なぜなら、エルヴィラ・ヴォダ・ルストロ令嬢はまだ12歳。17歳のルードルフが特に心を動かされないのも無理はなかった。ところが、そのあとすぐに事態は急変した。

「ルードルフ、ルストロ公爵令嬢の件だが」

ルードルフは再び皇帝に呼び出され、こう告げられた。

「あれはなしになった。向こうの王子と婚約することになったらしい」

「しかし、こちらの方が早い話だったのでは？」

未練ではなく、その背景が知りたくてルードルフは質問した。皇帝も頷く。

「王から直々にゴリ押しされ、さすがの公爵も断れなかったそうだ。そこまで見込まれては、と言っていた」

惜しかったな、と皇帝は腕を組んだ。

「王がそこまでほしがる令嬢だったのか。早く婚約しておけばよかった」

皇帝はしばらくぶつぶつ言っていたが、ルードルフ自身は、特に惜しいとは思わなかった。結婚が遠のいて、むしろよかったとさえ思っていた。

「それならそれで仕方ないでしょう」

だから、そんなことを言った。

「お前は会ってないからそんなことを言う。本当に可憐な少女だったぞ」

「でも、まだ子供でしょう」

それでこの話は終わった。

向こうの王がぜひにとほしがるほどの聡明な少女に、会ってみたかった気もしたが、すぐに忘れた。

いずれはしなくてはならないだろうが、ルードルフにとって結婚とは面倒くさいものだったからだ。それを思い出させるものに、わざわざ近寄ることはない。

と、いうのも。

皇太子という立場上、ルードルフには常に女性が寄ってきた。しかも、嬉しくない寄り方で。

「ルードルフ様、このあと、少し休みません？」

「ルードルフ様、わたくし、気分が悪くて……送っていただけませんか？」

この調子で、どこに行っても、飾り立て、胸を強調した服装の女性が迫ってくるのだ。たまに清楚《せいそ》な女性に出会えたと思ったら、やはりそれは演技で、こちらを襲おうとする始末だ。どの女性も「皇太子との結婚」だけが目的で、ルードルフのことなど見ていない気がした。

軽く、女性不信だったのだ。


婚約未満で話が流れてから2年後、皇帝はルードルフに、あらためてルストロ公爵家に行くように命じた。

「ルストロ公爵の息子がキエヌ公国へ留学するから、その前に晩餐会を開くらしい。わしが行くと大袈裟《おおげさ》になるので、お前が行け」

「行けと言うなら行きますけど」

ここで、令嬢たちに狙われるよりましだろう。そう思って了解すると。

「向こうで令嬢たちに襲われるなよ」

おかしそうに父親に言われた。

見透かされたルードルフは、やや不機嫌にトゥルク王国に向かった。

「ようこそ！　帝国の若き太陽、ルードルフ様！」

ルストロ公爵は、思った以上に明るい人物で、想像とだいぶ違った。ルードルフと、それほど歳の変わらない息子を紹介される。

「こちらがリシャルド、我が息子です」

リシャルドは、顔立ちの整った優男だったが、目の光がしっかりしていた。

「皇太子様とお近付きになれること、光栄に思っております」

皇帝が言ったように、ルストロ公爵やリシャルドとの交流は楽しかった。リシャルドとはかなり親しくなり、お互い名前で呼ぶようになった。


「ルードルフ、今度、妹を紹介するよ」

あるとき、そのリシャルドからそんなことを言われた。かつての婚約者候補の存在をルードルフは忘れかけており、さして心も動かされず聞き返した。

「エルヴィラ様でしたね。宮廷で王妃教育に励んでおられるとか」

しかし、リシャルドは、それもあるのだが、と予想外のことを言った。

「エルヴィラは、自ら発案して、各地に祈りに行っている」

「各地？」

「ああ。僻地まで出向くので、帰るのに時間がかかっていてな。だがもう戻るはずなので、やっと紹介できるよ」

「なんのために、そんなところに？」

「民のためだと」

思った以上の大きな理由に驚いた。

「まだ神殿もないようなところに、わざわざ行って祈っているんだ。そういう奴なんだよ」

面白い、とルードルフは思った。志を実行する、貴族の令嬢らしからぬ行動力だ。

ルードルフは、そのとき初めてエルヴィラに興味が湧いた。しかし、エルヴィラはなかなか帰ってこなかった。

リシャルドも留学の準備があるだろう。ルードルフは１人で庭園を散策しながら、そろそろ帝国に戻った方がいいのかと考えていた。しかし、

「しまった、迷った」

広すぎる庭園は方向感覚を狂わせ、屋敷に戻ろうとしたはずが、見慣れない場所に出てしまった。だが。

「薔薇園か、見事だな」

足を止めて見ると、それはそれで見応えのある場所だった。そのうちに誰か通るだろう、とのんびり眺める。手間も費用もかかる花を惜しみなく咲かせているあたりは、さすが公爵家といったところだ。種類も多く、ルードルフは感心して見て回った。と、そのとき。

「道に迷われたのでしょうか？」

可憐な声がして、振り返ると、薔薇の生垣を背に、1人の少女が立っていた。

プラチナブロンドの髪に、理知的な瞳。高貴さと純粋さを併せ持つ美しさだった。

「お客様ですか？」

ルードルフはすぐには答えられなかった。薔薇の妖精みたいだな、と考えていたのだ。

「あの……？」

ルードルフは自分が馬鹿みたいにぼんやりしていることに気付いた。

「失礼しました」

やっと切り替えて挨拶した。

「ルードルフ・リュディガー・エーベルバインと申します」

少女はすぐに思い至ったようだった。

「まあ、こちらこそ失礼いたしました。エルヴィラ・ヴォダ・ルストロと申します。昨日、戻ったところで、ご挨拶が遅くなりました」

スカートの端をつまんでお辞儀をするエルヴィラに、ルードルフは好感を抱いた。

「こちらこそ、勝手に迷ってすみません」

「まあ、じゃあやはり迷われたのですね」

エルヴィラは楽しそうに笑い、ルードルフもつられた。

「案内をお願いできますか？」

「もちろんですわ」

エルヴィラは礼儀正しく、ルードルフを屋敷まで案内した。


それからしばらくの間、エルヴィラとリシャルドの３人で過ごした。話せば話すほど、楽しかった。エルヴィラの頭の回転の早さに感心したルードルフは、なるほど、王が無理をしてでも王子の婚約者にしたいと望むはずだ、と思った。それでもいつまでも滞在してはいられない。別れのときはすぐに来た。

帝国に戻ったルードルフは、お礼の気持ちを込めて、エルヴィラに砂糖菓子を送った。薔薇の形を模してあり、最初の出会いを連想させた。それほど甘すぎず、舌に乗せるとすぐ溶けた。

エルヴィラからは、几帳面なお礼の手紙がすぐに届いた。ルードルフは微笑ましい気持ちで、それを読んだ。

「お久しぶりです、ルードルフ様」

驚いたのは、それから2年後に会ったときだ。リシャルドが久しぶりに戻ってくるので、よかったら、と招待を受けたのだが、エルヴィラは思った以上に健やかに成長していた。

「ずいぶん大人っぽくなったね」

以前と違い、デビュタントも済ませて、晩餐会にも出席するようになっていた。

「嫌ですわ、お恥ずかしい。ルードルフ様もお変わりありませんか」

何気ないやりとりが眩しく思えた。この年頃の女性の成長は、こんなに早いのかと感心した。エルヴィラは16歳になっていた。それでも中身は変わりなく、聖女候補として、また自らの望みとして、あちこちの神殿で祈りを捧げることを続けていた。ルードルフは、心から感心して言った。

「素晴らしいですね」

継続するのは大変なことだろう。よほど信念がなくてはできない。エルヴィラの芯の強さを感じた。

「そんな……ただの自己満足なのです」

エルヴィラは、謙遜しながらも満ち足りた笑顔を見せ、ルードルフは自分のことのように嬉しかった。妹のようなエルヴィラが、幸せでいてくれることが嬉しかったのだ。

短い滞在を終えたルードルフは、帝国に戻ってから、エルヴィラに刺繍の入った綺麗なリボンを送った。帝都で流行しているものだった。女の子はこういうものが好きだと聞いたのだ。

もう、砂糖菓子で喜ぶような子供ではないだろう。エルヴィラから、またお礼の手紙が届いた。ルードルフは微笑ましく思いながら、それを大切にしまった。


おかしいと思ったのは次の滞在のときだった。前回から1年ほど経っていた。

エルヴィラは、改造したという庭園を案内してくれた。

「ここが迷路になっているのが、今回のお父様のお気に入りです」

生垣が、複雑に刈り込んだ迷路になっていた。ルードルフは感心した。

「1年でこれだけ変わっているとは。驚きですね」

「お父様が気紛れなのですわ」

しかし、1年で変わったのは、庭園だけではなかった。眩しく成長したエルヴィラは、どこか陰鬱な表情を覗かせるようになった。おや、とルードルフは思った。以前は見せたことのない顔だったからだ。

「王妃教育が大変なのですか？」

思わず聞くと、エルヴィラはハッと顔を上げた。

「そんなことは……」

エルヴィラは首を振り、悲しそうに微笑んだ。

「申し訳ございません。わたくし、疲れたところを見せてしまったようですね」

「戻って休まれますか？」

「……はい」

悩んだ様子だったが、エルヴィラは戻った。

それから、何度かそんなことが続いた。ルードルフは結局、エルヴィラの溌剌とした笑顔が見られないまま帝国に戻った。それが自分でも驚くくらい悔いになった。何か悩んでいるなら力になりたかった。できることなら、なんでもしたかった。

見返りなど求めない。ただ、笑っていてほしかった。

仕方なくルードルフは、軽やかな音楽を奏でるオルゴールを送った。少しでも楽しい気持ちになってくれたら。そう思ったのだ。エルヴィラから、お礼の手紙が届いた。それには、とても気持ちが慰められました、と簡潔に書かれていた。慰められるようなことがあるのだ、と思った。ルードルフはその事実が辛かった。

それからルードルフは折に触れ、帝都で見かけた、女性が好きそうなものを贈り続けた。気晴らしくらいにはなるのではないか。深い意味はない。世話になった客として、お礼の気持ちで。日持ちのする焼き菓子や、細工の凝ったブローチ、流行の帽子、暖かい手袋。贈り物の種類に脈絡はなく、ルードルフの気持ちだけが一貫していた。

――贈り物のリボンを開ける瞬間だけでも、辛いことを忘れてくれたら。

ルードルフが願ったのは、それだけだった。

そうしている間に、ルードルフ自身の婚約者選びが切迫してきた。

「もう、どちらかにしたら？」

皇后である母親は軽く言った。とある公爵家の娘と、とある伯爵家の娘が有力候補で、そのどちらか好きな方にしたらどうだというわけだ。ルードルフは難しい顔をして言い返した。

「それだと、当然、選ばれた家に権力が傾くではないですか。なるべく両家の力関係は拮抗《きっこう》させておいた方がいいでしょう」

「それはそうだけど……」

「そうだ、そのためにも私は遊学します」

明らかに時間稼ぎだったが、皇帝と皇后も、一応は納得した。両家の力を拮抗させて、しばらくはいいように使うことにしたのだ。

「そんなに結婚したくないの？」

母親からそう言われて、ルードルフは何も言わなかった。自分がそこまでして結婚を遠ざけたい理由について、考えないようにしていたのだ。


遊学中、いろんな国を回ったルードルフは、リシャルドの滞在しているキエヌ公国にも立ち寄った。リシャルドは婚約者のオルガと一緒に歓迎してくれ、束の間の楽しい時間を過ごした。

だが、帰り際、ルードルフと2人きりになったリシャルドは言った。

「エルヴィラへの贈り物、気持ちはありがたいのだが、できればもう贈らないでほしい」

突然の申し出にルードルフが困惑していると、リシャルドが小声で言った。

「王が崩御した」

「――なんだって」

「いずれ周辺国にも知らされるだろうが、じきに王子が即位する」

王子が即位。それはつまり、エルヴィラが王妃になるということだ。そして聖女にも。

エルヴィラが聖女になるために頑張っていたのは知っていた。それがエルヴィラにとっての幸せなら、それで十分だ。

「そうだな」

ルードルフは整った笑顔で言った。

「王妃様になる人に、あんな子供っぽいものを贈っていては失礼になるな」

すまない、とリシャルドは謝った。


――それでも、最後に1つだけ、贈り物をしたかった。

それで、終わりにするから。

最後に1つだけ。


そんな自分を格好悪いと思いながら、ルードルフはリシャルドと別れたその足でトゥルク王国に立ち寄った。遊学の帰りに顔を見に来た、という苦しい言い訳をルストロ公爵は受け入れてくれた。

「ルードルフ様?」

通された応接室に、エルヴィラは以前より痩《や》せた様子で現れた。それだけで胸が痛んだ。ルードルフは立ち上がって挨拶をした。エルヴィラの笑顔はやはり固かった。

「これからいろいろ大変ですね」

長々と話をするつもりはなかった。ルードルフは、傍らに抱えていた花束を差し出した。

「もうお菓子というお年でもないでしょうし、これを」

エルヴィラは、両手でそれを受け取った。

「グロシェク・パフノンツィですのね。綺麗ですわ」

蝶のような形の花弁が、飛び立つ姿を連想させることから、別離を意味する花だった。

──我ながら情けないな。

そんなものを渡すために、わざわざ来た。そんな花束を渡しながらも、ルードルフはエルヴィラと別れたくなかった。今すぐにでも、帝国に連れて行きたかった。抱きしめて、離したくなかった。困らせてでも、自分のものにしたかった。

ルードルフは、自分がいかにものを知らなかったか、痛感した。

これが恋なのだ。

恋とは、こういうものなのだ。

これに比べれば、今までの駆け引きめいた恋愛など、台本を読みながらこなす茶番と同じだった。だが、そんな自覚をしたところで、どうにもできない。

──もうすぐ結婚する人だ。

そして、聖女になる人。

話が来ていた最初のときに、決断していれば。

——情けない。いつまでも同じことを。

自分の格好悪さに呆れた。言葉で別れも告げられない。気持ちも伝えることができない。困らせるだけだから。こんな花束でしか、伝えられない。

「お幸せに、エルヴィラ様」

ルードルフは精いっぱいの気持ちを込めてそう言った。

「ありがとうございます、ルードルフ様」

答えるエルヴィラの笑顔は、やはり作り物めいていて、ルードルフは最後まで辛かった。

そうやって自分の気持ちに決別したつもりのルードルフだったが、帝国に帰ってからも、格好悪かった。

「そろそろ本気で誰かと婚約しなさい」

母である皇后にそう言われても生返事しかできず、失恋を引きずっていた。自分でも自分が嫌になる。なんて未練がましいんだろう。本当に格好悪い。だけど、このままじゃどうしても終われない。

一度でいい。エルヴィラの幸せな笑顔を、最後に、もう一度だけ見たい。

ルードルフは閃《ひらめ》いた。

もう一度だけ、トゥルク王国へ行こうと思ったのだ。

ルストロ公爵を通じて、聖女認定の儀式を見学すればいい。そこでなら、エルヴィラの幸せな笑顔を見られるはずだ。そう思ったのに。


「エルヴィラ・ヴォダ・ルストロ。お前を聖女と認めるわけにはいかない！　お前が育てていた『乙女の百合』は偽物だった！　この偽聖女め！」

聖女認定の儀式の日。目の前で信じられない光景が繰り広げられていた。

「エルヴィラとの婚約を破棄した私は、正統な聖女であるナタリアとの婚約を、ここに宣言する！」

よりによって、馬鹿王は、エルヴィラと婚約を破棄し、わけの分からない女と結婚すると言い出したのだ。笑顔どころではない。ルードルフは茫然としてエルヴィラを見たが、エルヴィラは、泣きもせず、怒りもせず、冷静に対応していた。

「聖女でもなく、婚約も破棄されたわたくしは、ここにとどまっている理由がありません。国外に出ようと思います」

気丈なエルヴィラの態度に、周りは何も言えなかった。ただ、王だけがわめいていた。けれどルードルフは、その肩がわずかに震えているのを見てしまった。

どうして誰も気付かないんだ？

エルヴィラはあんなに悲しんでいるじゃないか、なにより
――エルヴィラを偽聖女だなんて、許せない。

ルードルフは考える間もなく、その場に飛び込んだ。

「失礼ですが、エルヴィラ様の護衛なら、私にお任せください」

馬鹿な王でも、幸せにするなら見守ろうと思っていたのに。そっちがその気なら、もう一切の遠慮はしない。エルヴィラを笑顔にするのはこの私だ。

エルヴィラが心から幸せを感じるとき、隣にいるのは自分だ。

もう誰にも遠慮なんかするもんか。


「エルヴィラ様！　ご成婚1周年おめでとうございます！」

「皇太子殿下！　おめでとうございます！」

再び人の多く集まる街道に差し掛かった。人々は、声を張って皇太子夫妻を祝福した。

「エルヴィラ」

ルードルフは手を振り続けるエルヴィラにそっと囁いた。

「何年経っても、変わらないよ。君が隣にいてくれる幸せを、私は毎日噛み締めている」

エルヴィラは照れたように答えた。

「……噛み締めすぎて、なくなりませんか？」

ルードルフは首を振る。

「ありがたいことに、日々、増えるんだ、この幸せは」

エルヴィラは何度か深呼吸を繰り返して、それから思い切ったように、

「……わたくしもです」

と答えた。時間差を含めたその反応に、ルードルフは、やはり幸せを噛み締めた。

「毎日が幸せですわ」

その笑顔はとても健やかで、ルードルフは自分まで幸せになる。

その笑顔がずっと本物であること。それがルードルフの願いだ。

あとがき

この度は『王妃になる予定でしたが、偽聖女の汚名を着せられたので逃亡したら、皇太子に溺愛されました。そちらもどうぞお幸せに』を手に取ってくださり、誠にありがとうございます。

長いタイトルで恐縮です。自分でも確認しながら書くときがあります。

というのもこの小説、もともとＷｅｂ上の小説投稿サイトに連載していたものでして、それをツギクルブックスさんにお声がけいただき、このような書籍の形になったというわけです。つまり、この作品がこのような素敵な本になったのは、ひとえにこの作品を読んでくださった読者の皆様方のおかげです。ありがとうございます。Ｗｅｂ連載中も、読者の皆様方の存在を近くに感じられたことで、最後まで走ることができました。

この作品はいわゆる「婚約破棄」から始まるラブストーリーで、主役はもちろんエルヴィラとルードルフなのですが、私なりに「あのような婚約破棄をするとはどんな人物なのだろう」とアレキサンデルを掘り下げた結果、生まれた物語でもあります。そのせいか、アレキサンデルの行動には読者の皆様からの反響も大きく、それぞれの視点でそれぞれの見解をいただきました。どれも興味深く、作者冥利に尽きます。

そのWeb版と書籍版、あらすじやラストは同じですが、後半のエピソードが少し違っております。その違いを楽しんでいただけたら、と思います。さらに力を込めて主張したいのは、書籍版には、はま先生の描いてくださった素敵なイラストがあるということです！　はま先生、本当に本当にありがとうございます！　何回も眺めては幸せに浸りました。これからもニヤニヤしてしまうことでしょう。

また、このあとがきを書いている最中に、コミカライズ決定のお知らせもいただきました！　作画を担当してくださるコロポテ先生、よろしくお願いいたします！　今から全力で楽しみにしております！　漫画もきっと何回も眺めては幸せにニヤニヤしてしまうことでしょう。

振り返れば、初めての書籍化に無我夢中でした。それも多くの方のご助力あってのこと。感謝の気持ちでいっぱいです。

Webのときから見守ってくださる読者様、はま先生、とてもとてもお世話になった担当編集者様、ツギクルブックスの皆様、出版、デザイン、流通などで関わってくださったすべての皆様、支えてくれた家族と友人、そして、この本を手に取ってくださった読者の皆様。心から感謝いたします。どうぞひととき、楽しんでいただけたら幸いです。

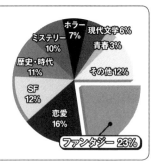

身体は児童、中身はおっさんの
成り上がり冒険記
1～3
Karada wa Kodomo Nakami wa Ossan no
Nariagari Bo-kenki
著 力水
イラスト みっつばー
魔法があふれる異世界で、
科学が拓く新世界!!
「Comic Walker」で
コミカライズ
好評連載中！
貧乏貴族の三男に
転生したおっさんの
異世界成り上がりファンタジー
謎のおっさん、相模白部(さがみしらべ) は、突如、異世界の貧乏貴族
ミラード家の三男、グレイ・ミラード(8歳) に転生した。ミラード領は
外道な義母によって圧政をしいられており、没落の一途をたどっていた。
家族からも疎まれる存在であったグレイは、親の監護権が失効する
13歳には家を出ていこうと決意。自立に向けて、
転生時にもらった特別ボーナス「魔法の設計図」
「円環領域」「万能アイテムボックス」「万能転移」と
転生前の技術の知識を駆使して
ひたすら自己研磨を積むが、その非常識な力は
やがて異世界を大きく変えていくことに……。
本体価格1,200円＋税　ISBN978-4-8156-0203-1
ツギクルブックス
https://books.tugikuru.jp/

Tsui
hou
追放悪役令嬢、
只今
監視中
「モンスターコミックスf」
(双葉社)で
コミカライズ
決定!
王子、監視している人は
本当に
悪役令嬢ですか?
著 扇つくも
イラスト くろでこ
聖女候補モモを貶めるために聖女像を穢した悪役令嬢クロエ＝セレナイトは、
聖教会によって辺境の修道院送りにされる。「修道院に到着するまでの道中で
改心できなければ公爵家を勘当」という厳しい条件を突き付けられたクロエ。
一方、クロエとの婚約破棄を確定させるために道中の監視を行うことになった王子レッドリオだが、
予想外の行動をとる「悪役令嬢」に戸惑うばかり。
ダンジョンの宿で巻き起こるトラブルに、悪役令嬢の真意が徐々に解き明かされる——。
悪役令嬢(?)と王子による異世界のぞき見ファンタジー。
本体価格1,200円＋税
ISBN978-4-8156-0597-1
ツギクルブックス
https://books.tugikuru.jp/

もふもふを
知らなかったら
人生の半分は無駄
にしていた
1～5
著／ひつじのはね
イラスト／戸部淑
冒険あり、癒しあり、笑いあり、涙あり
もふもふたちに囲まれた
異世界スローライフ！
第7回
ネット小説大賞
受賞作！
KADOKAWA
「ComicWalker」で
コミカライズ
好評連載中！
魂の修復のために異世界に転生したユータ。
異世界で再スタートすると、ユータの素直で可愛らしい様子に
周りの大人たちはメロメロ。
おまけに妖精たちがやってきて、魔法を教えてもらえることに。
いろんなチートを身につけて、
目指せ最強への道？？
いえいえ、目指すはもふもふたちと過ごす、
穏やかで厳しい田舎ライフです！
転生少年ともふもふが織りなす
異世界ファンタジー、開幕！
本体価格1,200円＋税
ISBN978-4-8156-0334-2
ツギクルブックス
https://books.tugikuru.jp/

逆行した悪役令嬢は、なぜか魔力を失ったので深窓の令嬢になります
1～2
著・蒼伊
イラスト・RAHWIA
コミカライズ企画進行中！
魔力がなくても精霊と一緒に未来を変えます！
魔力の高さから王太子の婚約者となるも、聖女の出現により
その座を奪われることを恐れたラシェル。
聖女に悪逆非道な行いをしたことで婚約破棄されて修道院送りとなり、
修道院へ向かう道中で賊に襲われてしまう。
死んだと思ったラシェルが目覚めると、なぜか３年前に戻っていた。
ほとんどの魔力を失い、ベッドから起き上がれないほどの
病弱な体になってしまったラシェル。悪役令嬢回避のため、
これ幸いと今度はこちらから婚約破棄しようとするが、
なぜか王太子が拒否!?　ラシェルの運命は――。
悪役令嬢が精霊と共に未来を変える、異世界ハッピーファンタジー。
本体価格1,200円＋税　ISBN978-4-8156-0572-8

ツギクルブックス

読者アンケートに回答してカバーイラストをダウンロード！

読者アンケートや本書に関するご意見、糸加先生、はま先生へのファンレターは、下記のURLまたは右のQRコードよりアクセスしてください。アンケートにご回答いただくとカバーイラストの画像データがダウンロードできますので、壁紙などでご使用ください。
https://books.tugikuru.jp/q/202011/niseseijo.html

本書は、「小説家になろう」（https://syosetu.com/）に掲載された作品を加筆・改稿のうえ書籍化したものです。

王妃《おうひ》になる予定《よてい》でしたが、偽聖女《にせせいじょ》の汚名《おめい》を着《き》せられたので逃亡《とうぼう》したら、皇太子《こうたいし》に溺愛《できあい》されました。そちらもどうぞお幸《しあわ》せに。

2020年11月25日　初版第1刷発行

著者　糸加《いとか》

発行人　宇草 亮
発行所　ツギクル株式会社
〒106-0032　東京都港区六本木2-4-5
TEL 03-5549-1184
発売元　SBクリエイティブ株式会社
〒106-0032　東京都港区六本木2-4-5
TEL 03-5549-1201

イラスト　はま
装丁　株式会社エストール

印刷・製本　中央精版印刷株式会社

ISBN978-4-8156-0692-3
Printed in Japan